河出文庫

幻獣辞典

ホルヘ・ルイス・ボルヘス
柳瀬尚紀 訳

河出書房新社

幻獣辞典　EL LIBRO DE LOS SERES IMAGINARIOS　目次

序

誰しも知るように、むだで横道にそれた知識には一種のけだるい喜びがある。本書の編纂《へんさん》と翻訳でわれわれはそうした喜びをおおいに味わった。古い作者や秘められた文献を捜し求めて、友人の書棚や国立図書館の迷路にも似た筒形天井の部屋をくまなく漁《あさ》ったときのわれわれの喜びを、読者も分かちあってくださるものと思う。引用した資料はすべて原典にあたり、それを原語——中世ラテン語、フランス語、ドイツ語、イタリア語、スペイン語——から訳出すべく、われわれは最善をつくした。古典の場合、レンプリエア、ロウブ文庫、ボウン文庫がいつもながらきわめて役に立った。東洋の言語にまったく無知なわれわれとしては、ジャイルズ、バートン、レイン、ウェイリー、ショーレムといった人々の業績に感謝しなくてはならない。

本書の初版は八十二篇から成り、一九五七年メキシコで出版された。そのタイトルは *Manual de zoología fantástica*（『幻想動物学案内』）だった。一九六七年、第二版——*El libro de los seres imaginarios*（『想像の存在の書』）——がブエノスアイレスで出版されたが、これは三十四篇追加したものである。この英語版ではもとの項目をかなり変更し、訂正、補足、修正を行なった。新たな項目もいくつか加えた。この最新版は百二十篇から成る。

E・P・ダットン社のマリアン・スケジェルと、アルゼンチン国立図書館副館長ホセ・エドムンド・クレメンテの協力に対しても厚く感謝の意を表する。

J・L・B

N・T・di・G

一九六九年五月二三日、ブエノスアイレス

一九六七年版序

本書のタイトルからすれば皇子ハムレット、点、線、平面、n次元の多平面と多容積、あらゆる総称語、そしておそらくわれわれ個々の人間や神を入れることが正当化されるだろう。要するに――一切の事柄の総計、宇宙である。しかしながらわれわれは、《想像の存在》という言葉が即座に喚起するものにのみ限ることとした。時と空間を通して人間の想像力によって考えられた奇妙な創造物の小冊子を編んだのである。

われわれは宇宙の意味について無知なように、竜の意味についても無知である。しかし竜のイメージには人間の想像力と相性のよいところがあり、そのことがさまざまな場所と時代の竜の出現を説明する。

この種の本が不完全であるのは避けがたい。新版がそれぞれ将来の版の基盤となり、将来の版はそれ自体が無限に成長するであろう。コロンビアやパラグアイの読者がたまたま本書を手にしたら、その地方の怪物の名や正確な描写、いちばんの特徴などを知らせていただきたいと思う。

あらゆる参考文献と同じく、ロバート・バートン、フレイザー、プリニウスの無尽蔵の書物と同じく、『想像の存在の書』は一気に読み通すようにできてはいない。むしろ読者は、万華鏡の移り変る模様にたわむれるように、本書のあちらこちらを任意に開いていただきたい。

この収集の素材は多種多様である。それは各々の項目に記されている。偶然の脱落はお許し願いたい。

J・L・B
M・G

一九六七年九月、マルティネス

一九五七年版序

幼い子供が初めて動物園に連れられて行く。この子供はわれわれの誰でもかまわない。というか、ほかの言い方をするなら、われわれはいまなおこの子供であって、それを忘れてしまっている。こうした背景で——こうした恐ろしい背景で——その子供はいままで見たこともない生きた動物を見る。彼はジャガーを、禿鷹《はげたか》を、野牛を、そしてもっと奇妙なもの、ジラフを見る。動物の王国の驚くべき多様性を彼は初めて目にし、驚嘆するか怯《おび》えるかするその光景を楽しむ。それがおおいに楽しくなって、動物園へ行くことが幼年時代の喜びのひとつとなる、あるいはそう思う。この日常的な、にもかかわらず神秘的な出来事をわれわれはどう説明できるだろう。

もちろんそれを否定することはできる。いきなり動物園に連れて行かれた子供は、そのうち神経症患者になるだろうと想像することもできる。しかし実のところ、動物園を訪れたことのない子供はほとんどひとりもいないし、神経症患者でないおとなもほとんどひとりもいない。すべての子供はいってみれば探険家であり、駱駝《らくだ》を発見することはそれ自体、鏡や水や階段を発見するのと同様、不思議ではないといえよう。動物のたくさんいるこの場所に連れてきてくれる両親を、子供は信頼しているともいえる。それに、玩具《おもちゃ》の虎や百科事典の虎の絵のおかげで、子供は生身の虎を見ても恐れなくなっている。プラトンは（もしこの議論に引き込まれたなら）子供がすでに原型から成る原初的世界において虎を見ており、いま虎を見るやそれだとわかるのだというだろう。ショーペンハウアーは（さらに驚くべきことに）子供が虎を見て恐れないのは自分がその虎たちであり、虎たちが自分であることを知っているからだ、というかもっと正確には、子供も虎もあの単一の本質、《意志》の形態にほかならないというだろう。

さて、現実の動物園から神話伝説の動物園へ、ライオンではなくスフィンクスやグリュプスやケンタウロスの棲《す》む動物園へ移ることにしよう。この第二の動物園の動物数は第一のそれをはるかに上回る。怪物は現実の生き物の部分をむすびつけたものにほかならず、順列の可能性は無限に近いからだ。ケンタウロスでは馬と人間、ミノタウロスでは牡牛と人間が融合する。（ダンテはミノタウロスが人間の顔と牡牛の体を有すると想像した。）このようにして多種多様な怪物——魚や鳥や爬虫類《はちゅうるい》の結合——を、われわれ自身うんざりするか厭《いと》わしくなるかするまで、際限なく進化させることができそうだ。しかし、そうはならない。ありがたいことに、われわれの怪物は死産児である。フローベールは『聖アントワーヌの誘惑』の終りのほうで、中世や古典の怪物をいろいろ寄せ集め、そして――注解者のいうには――新たな怪物をいくつかこしらえようとした。その総計はほとんど印象がうすく、われわれの想像をほんとうにかきたてるものは少ない。本書を覗《のぞ》いてみる者は誰しも気付くように、夢の動物学は創造主の動物学よりずっと貧しい。

われわれは宇宙の意味について無知であるように、竜の意味についても無知である。しかし竜のイメージには人間の想像に訴えるところがあって、それゆえまったく別の場所と時代に竜が存在する。それはいわば必然的な怪物であり、三頭のキマイラやカトブレパスのごときはかない怪物、もしくは偶然的な怪物ではない。

もちろんわれわれは、たぶんこの種の最初のものである本書が想像の動物の総計を網羅していないことを充分承知している。われわれは古典や東洋の文献を掘り下げはしたが、しかしわれわれのテーマはいつまでもつづくと思う。

人間が動物の姿になるという数々の伝説は、故意に除外した。ロビソン、人間狼などである。

レオノル・ゲルレロ・デ・コッポラ、アルベルト・タベルサ、およびラファエル・ロペス・ペリェグリの助力に対して感謝の意を表したい。

J・L・B

M・G

一九五七年一月二九日、マルティネス

幻獣辞典

足萎えのウーフニック

地上には、神の前にこの世を正当化する使命を帯びた正しき人間が三十六人いる、またつねにいた。それは足萎《な》えのウーフニックたちである。彼らは互いのことを知らず、そしてたいへん貧しい。もし自分が足萎えのウーフニックであることを悟ると、その者はすぐに死んで、たぶんこの世のほかの場所にいる別の誰かがその者に替わる。足萎えのウーフニックたちは、それと知らずに宇宙の隠れた柱となっている。彼らがいなければ、神は人類を全滅させてしまうだろう。気付かないままに、彼らはわれわれの救い手となっている。

ユダヤ人のこういう神秘的な信仰はマックス・ブロートの著作に見出される。その遠い源は創世記第十八章のつぎの詩句であろう。「ヤハウェ言いたまいける、われもしソドムにおいて町の中に五十人の義《ただ》しき者を見ば、そのところをことごとく赦《ゆる》さん」

イスラーム教徒にもクトゥブという同類の人物がいる。

＊――マックス・ブロート（一八八四－一九六八）　オーストリアのユダヤ人作家。カフカの友人でその作品の編集者として有名。『ティコ・ブラーエの神にいたる道』（一九一六）をはじめとする三部作のほか、『異教、キリスト教、ユダヤ教』、『此岸と彼岸』などの宗教論文がある。

クトゥブ　聖者のヒエラルキーにおいて頂点にいるとされる人間。その人物が死ぬと、下位の者が昇格してクトゥブとなる。

ア・バオ・ア・クゥー

世界でもっとも美しい風景を眺め渡してみたいなら、チットールガルにある勝利の塔のてっぺんに登ることだ。そこで、円形のテラスに立つと、地平線がすっかりと一目で見られる。螺旋《らせん》階段がこのテラスに通じているが、伝説を信じない者でなければあえて登っていくことはしない。物語はこうだ。

勝利の塔の階段には、時の始まり以来、人間の影に敏感なア・バオ・ア・クゥーという生き物が棲《す》む。これはたいてい最初の段で眠っているのだが、人が近づくと、なにか内に秘められた生命がそれに触発され、この生き物の内部ふかくで内なる光が照り輝き始める。同時に、その体と半透明に近い皮膚が動きだす。だがア・バオ・ア・クゥーが目を覚ますのは誰かが螺旋階段を登り始めてからだ。それからそれは訪問者の踵《かかと》にぴったりとくっついて、螺旋階段の外側を登っていく。外側は幾世代にもわたる巡礼者のためにとくに擦り切れているのだ。一段ごとにこの生き物の色合いが強烈になり、その形が完全なものとなっていき、それが放つ青味を帯びた光が輝きを増す。

しかしそれが究極の姿になるのは最上段においてのみであり、そこへ登りついた者は涅槃《ねはん》に達した人間となり、その行為はいかなる影も投じない。さもなくば、ア・バオ・ア・クゥーは最上段に到達するまえに、あたかも麻痺《まひ》したかのごとくたじろぎはじめ、体は不完全となり、その青味は薄らぎ、輝きはおとろえる。完全な姿に到達しえないときこの生き物は苦痛にさいなまれるのだが、その呻《うめ》き声は絹の擦れる音のようにほとんど聞こえない。ア・バオ・ア・クゥーの寿命は短い。なぜなら旅人が降りてくるやいなや、それは最初の段へころがるように倒れ伏し、そこで疲れきってほとんど形のないままに、つぎの訪問者を待つのである。全身でものを見ることができ、触れると桃の皮のようだともいわれている。

幾世紀にもわたって、ア・バオ・ア・クゥーが塔のテラスに到達したのはただ一度である。

＊——**勝利の塔**　インドのラージャスターン州ウダイプル郡にあるチットールガルは古代ラジュプート族の要塞の地として名高い。この地にあるジャイナ教の寺院や塔のうち、十二世紀に建てられた「名声の塔」、そして十五世紀に建てられた「勝利の塔」がとくに有名。ジャイナ教の語源はサンスクリットで勝利、征服者の意。

アブトゥーとアネット

エジプト人があまねく知っていたように、アブトゥーとアネットは等身大、同形の聖なる二匹の魚で、危険を警戒しながら太陽神の船を先導した。その行程は果てしないものだった。船は日中、東から西へ、暁《あかつき》から黄昏《たそがれ》へと天空を航行し、夜には逆方向に地下を巡った。

*——ほぼ同じ記述が Egerton Sykes : *Dictionary of Non-Classical Mythology* にある。同書によれば、この二匹の魚はナイル川の氾濫《はんらん》をも告げた。

ある雑種

ぼくは奇妙な動物を飼っている。半分猫で半分羊だ。これは父の形見《かたみ》だ。しかしぼくが飼うようになってから、こうなったのだ。以前は猫であるよりはるかに羊だった。いまでは両方がほぼ同じ釣合《つりあ》いになっている。猫からは頭と爪《つめ》を、羊からは大きさと体付を受け継いでいる。両方から野生的で変りやすい目、柔らかで体に密着している毛、跳びはねることも忍び足で歩くこともする動きを受け継いでいる。陽の当る窓辺で体を丸くして、喉《のど》をごろごろいわせる。草原に出ると狂ったように飛びまわり、なかなかつかまらない。猫を見ると逃げるが、羊には襲いかかろうとする。月のない夜、お気に入りの散歩道は屋根瓦の上だ。猫の鳴き声は出さないしそれに鼠《ねずみ》を恐がる。鶏《とり》籠《かご》のそばで何時間も待伏せしていることもあるが、まだ一羽も食い殺したことはない。

ぼくはこれをミルクで育てている。いちばん向いてるようなのだ。長い日照りがつづくと、野獣のような歯の間からミルクをごくごく飲む。当然、子供たちをおおいに楽しませる。日曜の朝は来客の時間だ。ぼくがこの小さな動物を膝《ひざ》に乗せて座ると、近所一帯の子供たちが周りを取り囲む。

それからはなはだ妙な質問、人間には答えようのない質問が浴びせられる。なぜこういう動物が一匹しかいないのか、ほかの人間ではなくぼくがどうしてこれを所有しているのか、以前にもこれに似た動物がいたのかどうか、これが死んだらどうなるのか、これは寂しくないのか、どうして子供がいないのか、何という名なのか、云々。

ぼくはいちいち答えずに、ぼくの愛玩動物を見せてやるだけにする。時折、子供たちが猫を連れてくる。二匹の羊を連れてきたことすらあった。しかし彼らの期待を裏切って、互いに相手を認め合うといった光景はなかった。動物たちは動物たちの目でおとなしく見つめ合い、そして明らかに相互の存在を神聖なる事実として受け入れた。ぼくの膝にいると、この獣は追いかけられる恐れも、追いかけたいという欲求も知らない。抱きしめてやると、いちばん幸せなのだ。育ててくれた家族には忠実でいる。むろん、とてつもない忠実の徴《しるし》を見せるわけではなくて、この世に腹違いの血筋は数えきれなくあるが、たぶん直接の血のつながりはひとつとしてない一匹の動物の偽《いつわ》らざる本能があるだけだ。それに結局、これにとってはぼくら家族のもとでの安全が神聖なものなのだ。

ぼくの体を嗅《か》ぎまわり、足の間に入ってきて、どうしても離れようとしないときなど、ぼくは思わず笑い出してしまう。羊と猫であることに満足せず、犬であることも主張しているようだ。

誰にもあることだろうが、いつかぼくは商売がうまくいかなくて、それにまつわるいろんなことから脱け出せなくなり、一切を手離す決心をしていた。そんな気分でこいつを膝に乗せ、部屋で揺り椅子にころがって、ふと下を見ると、こいつの太い頬髯《ほおひげ》から涙のしずくが落ちていた。あれはぼくの涙だったのか、それともこの動物のだったのか。この猫は、羊の気性といっしょに、人間の野心ももっていたのか。父からはさほどの遺産を譲り受けなかったけれど、この形見は眺める価値がある。

こいつには両方の動物の落着きのなさがある。それぞれ違ってはいるが、猫の落着きのなさと、羊の落着きのなさだ。そういうわけで、皮が多少突っ張っている感じだ。ぼくのそばの肘掛椅子《ひじかけいす》に飛び乗って、前足を肩に乗せ、鼻面を耳に押しつけてくることもある。まるでぼくに何かいっているみたいで、事実そのあとで顔をこっちに向けて、その伝達が与えた反応を見ようとぼくの顔をのぞきこむ。仕方ないから、わかったようなそぶりをし、ぼくは頷《うなず》いてやる。すると床に飛び下りて、陽気に跳ねまわる。

たぶん肉屋の包丁がこの動物にとっての救済となるだろう。しかし形見だから、そんなことをさせてはならない。だから、肉体から呼吸が自発的に去っていくまで、こいつは待っているしかない。もっとも時折、人間みたいにわかっているという顔付でぼくを見て、ぼくら両方が考えていることをしてみろと挑んでいるのだけれど。

——フランツ・カフカ『ある戦いの記録』

安南の虎

安南の人々にとって、虎、あるいは虎の中に住む霊魂が空間の四隅《よすみ》を支配する。赤虎は南を治める。（南は地図の上部に位置する。）夏と火がこれに属する。黒虎は北を治める。冬と水がこれに属する。青虎は東を治め、春と植物がこれに属する。白虎は西を治め、秋と鉱物がこれに属する。これら基本方位の虎の上に第五の虎、黄虎があり、中央に立ってほかの虎たちを治めている。これはちょうど皇帝が中国の中央に立ち、中国が世界の中央にあるのと同じである。（それゆえにこの国は中央の王国《ミドル・キングダム》と称され、また十六世紀末にイエズス会のリッチ神父が中国人に布教するために描いた地図でも、この国が中央にある。）

老子はこの五虎に悪魔と戦う使命を委ねた。ルイス・チョ・チョドが仏訳した安南の祈禱書《きとうしょ》では、天の五虎の助けにすがっている。この迷信の起こりは中国である。シナ学者によると、西方のかなたの星の地を治める白虎がいる。中国人は南に赤鳥を、西に青竜を、北に黒亀を配している。このように、安南の人々は色は同じにしておいて、動物を一種にした。

中央インドの一族、ビール人は地獄を虎と信じている。マラヤ人に伝わるジャングルの奥ふかくにある市《まち》は、人間の骨《ほね》を梁《はり》に、皮膚を壁に、髪の毛を軒《のき》に使っており、虎たちがこれを建て、棲《す》んでいる。

＊――リッチ（一五五二‐一六一〇）　イタリアの宣教師で中国イエズス会布教の開祖。漢名を利《り》馬《ま》竇《とう》という。

イクテュオケンタウロス

リュコプローン、クラウディアヌス、ビザンティンの文献学者ヨハネス・ツェツェスは、それぞれ時折、イクテュオケンタウロスにふれている。古典にはほかにこれに言及しているものがない。イクテュオケンタウロスは「魚ケンタウロス」というふうに翻訳できる。この語は神話学者がケンタウロス＝トリートーンとも呼ぶ存在に使われる。この姿はギリシア、ローマの彫刻にたくさん現れている。腰から上は人間で、海豚《いるか》の尾、馬か獅子《しし》の前足を有する。海の神々にまじって、海馬《かいば》のいる近くに棲《す》んでいる。

＊――**リュコプローン**　紀元前三世紀頃のギリシアの学者、悲劇詩人。アレクサンドリア図書館の喜劇の整理を委嘱された。イアムボス調で書かれた一四七四行の『アレクサンドラ』のみが彼の作として伝わっている。
クラウディアヌス（三七〇頃－四〇四頃）ローマ古典時代最後の重要な詩人。ギリシア語を母国語としながら、ラテン語で多くの作品を書いた。『ゴート戦争』、『プロセルピナ

の誘拐』などがある。

ヨハネス・ツェツェス 十二世紀ビザンティン帝国の文献学者。ホメロス、ヘシオドス、アリストファネスその他のギリシア古典に関する注釈書を残した。神話、文学史、歴史に関する雑録『史書』(『千巻』とも称される) が主著。

一角獣

一角獣の最初の叙述は、もっとも新しいものとほぼ同一である。紀元前四世紀にギリシアの歴史家で医師のクテシアスは、インドの諸王国にきわめて足の速い野生の驢《ろ》馬《ば》がいると語っている。それは白い毛におおわれ、紫色の頭、青い目をもち、額の真中に生えている尖《とが》った角はつけ根が白、先端が赤、中間が黒である。プリニウスはもっと綿密にこう記す(八巻三一)。

もっとも獰猛《どうもう》な動物は一角獣で、胴体は馬に似ているが、頭は牡鹿、足は象、尾は猪《いのしし》に近い。太いうなり声をあげ、一本の黒い角が額の真中から三フィート突き出す。この動物を生け捕りにするのは不可能だといわれる。

一八九二年、東洋学者シュラーデルはこう推測した。つまり一角獣は、牛の横顔を一本の角で描いたペルシアの浅浮き彫りを見てギリシア人が思いついたものだというのだ。

セビーリャのイシドールスが七世紀初めに著した『エティモロジー』には、一角獣の角の一突きは象をも殺すとある。これとおそらくそっくりなのが、シンドバッドの第二の航海に出てくるカルカダン、つまり犀《さい》の同じような勝利である。この犀は「その角で巨大な象を屠《ほふ》る」。(ここにはまた、この犀の角が「二叉に分かれ、人間に似ている」とも書かれている。アル＝カズウィーニーはそれが馬にまたがった人間に似ているというが、鳥や魚を引き合いに出す者もいる。)一角獣のもうひとつの敵は獅子《しし》だった。込み入った寓意詩『神仙女王』の一連に、彼らの決闘のさまがつぎのように記されている。

獅子に似つかわしく、その王者たる力は
誇り高き反抗の一角獣にも動ずることなし、
獰猛なる敵の突進と怒り狂う攻撃を
避けんがために、彼は木に寄りかかる、
そしてまっしぐらに走りくるを見てとり、
彼は体をかわす。するとその猛り狂う獣、
敵たちの憧《あくが》るるその貴重なる角を

幹に突き刺す。もはや抜くことかなわず、
力強き勝者の豊かなる餌食《えじき》となる。

この一連（第一書五歌十連）は十六世紀のものである。十八世紀の初め、イングランド王国とスコットランド王国が統一されたことにともない、イングランドのレパード、つまり獅子と、スコットランドの一角獣とがグレイト・ブリテンの紋章となった。

中世の動物物語集の教えでは、一角獣を乙女の手で捕えることができる。ギリシアのフィシオロゴスにはこうある。「どうして捕えるか。その目の前に乙女を置くと、その膝《ひざ》に跳びのってくる。そこで乙女はこれを愛情で温め、王たちの宮殿へ連れていく」。ピサネロのメダイユのひとつにこの勝利を描いたものがあり、また名高いつづれ織りも多い。その寓意は明らかである。レオナルド・ダ・ヴィンチによれば、一角獣が捕えられるのはその情欲のためである。情欲ゆえに自分の狂暴さを忘れて少女の膝に頭をのせ、そうして狩人に捕えられる。聖霊、イエス・キリスト、使者《メルクリウス》、悪、それらすべてが一角獣によって表されてきた。『心理学と錬金術』（一九四四）で、ユングはそうした象徴の歴史と分析を記している。

小さな白い馬で、羚羊《れいよう》の前足と山羊《やぎ》の鬚《ひげ》があり、一本の長いねじれた角が額から突き出している。それがこの架空の動物を描いたふつうの絵である。

＊――**プリニウス**　大プリニウス（二三／二四－七九）。ローマの政治家、軍人、学者。本書で最も頻繁に言及される『博物誌』（三十七巻）は、プリニウス自身の序文によれば「著者が探求した百名の著作家から得られた二万の注目に値する事実を三十六巻に集め、さらに先達の無視した事実もしくは後の経験によって発見された事実を数多く追加した」厖大《ぼうだい》な著書。第一巻は目次に当てられ、第二巻の宇宙論から第三十七巻の宝石類の記述にいたるまで、文字通り博物学の宝庫。

セビーリャのイシドールス（五六〇頃－六三六）　スペインの百科事典編纂者、神学者、歴史家、大司教。主著に『エティモロジー』がある。

アル＝カズウィーニー（一二〇三－八三）　西アジアのアッバース朝末期の博物学者。ペルシア人。『創造の不可思議』は彼がアラビア語で書いた百科全書の第一部で、天体、紀年、元素、動植物、人体、天使、霊魂などを扱っており、宇宙誌学に相当する。

『神仙女王』　イギリスの詩人エドマンド・スペンサー（一五五二？－九九）の最大傑作たる叙事詩。二十年を費して、なお未完成に終った。イギリス文学史上、最大の寓意詩であるが、ボルヘスが「込み入った」と形容しているように、難解さ、矛盾、不統一などがしばしば指摘される。

フィシオロゴス　中世の動物物語集は、四世紀頃にまとめられたギリシア語のこの書の翻訳である。著者が博物学者、すなわちフィシオロゴスであるとされ、こう呼ばれた。

ピサネロ（一三九五頃－一四五五？）　北イタリア初期ルネサンスの画家、メダイユ彫刻家。メダイユとは表に王侯貴族の顔、裏に寓意画を浮き彫りにした記念メダル。

ヴァルキューレ

ヴァルキューレは、古代ゲルマン語で《戦死者を選ぶ女》の意味である。ドイツやオーストリアの人々が彼女らをどんなふうに想像していたかはわからない。北欧神話では、武器を携えた麗《うるわ》しい乙女たちである。ふつうは三人となっていたが、エッダには十二人以上の名が出てくる。

民間に伝わる神話では、彼女たちは戦死者たちの魂を集めて、それをオーディンの雄大なる楽園へと運んでいく。天井が黄金でできていて、松明《たいまつ》ではなく抜き放たれた剣《つるぎ》の数々に照り映えるその「戦死者の大広間」、ヴァルハラで、戦士たちは夜明けから日暮れまで戦った。そのなかで殪《たお》れてしまった者たちもふたたび生き返り、そこで一同は神の宴《うたげ》を共にし、不死の猪《いのしし》の肉や角の盃《さかずき》に盛った尽きない蜂蜜酒をふるまわれた。果てしない戦いというこの観念は、起源はケルトであろう。

突然差し込むような痛みに襲われたときに唱えるアングロサクソン人の呪文に、直接名前を出していないがヴァルキューレのことをいっているものがある。その文句は、ストップフォード・A・ブルックの英訳によれば、つぎのようなものである。

声高く彼らが、おお聞け！　声高く彼らが陸《おか》を越えたり、
心激しく彼らが、山を越えたり
…………
強き乙女らが彼らの力ふるいたたせたればなり……

キリスト教の影響が広がっていくなかで、ヴァルキューレという名は卑《いや》しいものとなった。中世のイギリスでは、ヴァルキューレ、すなわち魔女であるとの烙印《らくいん》を押された不幸な女を審問官は焚刑《ふんけい》に処した。

＊――ストップフォード・A・ブルック（一八三二－一九一六）アイルランド生れの神学者、文学者。『イギリス詩人における神学』（一八七四）その他がある。

ウロボロス

われわれにとって大海とはひとつの海、あるいはいくつかの海から成る一体系である。ギリシア人にとって、それは陸のかたまりを取り囲む単純な円環状の川であった。すべての水の流れはそこから発し、その川には出口も水源もない。それはまた神、つまりティーターン、おそらくはティーターンたちすべてのうちでもっとも時代の古いものであった。というのは『イーリアス』第十四書で、「眠り」がそれを神々の生れ出た源だと称しているからだ。ヘシオドスの『神統記』では、それは世界中の川――その数三千――の父である。アルペイオス川とナイル川がそれらを統率する。大洋＝川はふつう、流れるような顎鬚《あごひげ》を生やした老人に擬人化された。数世紀後、人間はもっとよい象徴を見つけた。

ヘラクレイトスはつとに、円周においては始まりと終りが単一の点であるといっていた。大英博物館に保管されている三世紀ギリシアの魔よけは、この無限性をもっともよく示すイメージを与えてくれる。それは自分の尾をくわえる蛇、アルゼンチンの詩人マルティネス・エストラダが実に美しく表現したように、「尾の端で始まる」蛇である。スコットランドの女王メアリーは金の指輪に「わが終りにわが始まりあり」、おそらく真の命が死後に始まるという意味の文句を刻んでいたという話が伝わっている。ウロボロス（「尾を貪《むさぼ》り食らうもの」の意のギリシア語）は、中世の錬金術師たちが象徴として採ったこの動物の学名である。関心をおぼえる向きには『心理学と錬金術』というユングの研究論文の一読を勧めよう。

世界を取り巻く大蛇は北欧の宇宙論にも登場する。それは、ミズガルズソルムル《Miðgarðsormr》——文字通りには、真中にある庭の爬虫《はちゅう》の意で、真中にある庭とは大地を表す——と呼ばれている。新エッダで、スノリ・ストルルソンはロキが一匹の大蛇と一頭の狼の父となったことを記している。これらの獣が大地の破滅を招くだろうという託宣《たくせん》が神々に警告を与える。フェンリルというこの狼は、六つの架空のもので織られた紐《ひも》で縛られる。六つとは「猫の足音、女の鬚、石の根、熊の腱《けん》、魚の息、鳥の唾《つば》」である。ヨルムンガンドというその大蛇は「陸地を取り囲む海へと投げ込まれ、そこで非常に大きく育ったために、いまや大地を取り囲み、自分の尾をくわえている」。

巨人の国ヨーツンヘイムで、ウートガルザ＝ロキがトール神に対し、とある一匹の猫を持ち上げてみよと挑戦する。トールは全力をふりしぼるが、その猫の前足一本しか持ち上げることができない。猫は本当は大蛇である。トールは魔法によって欺《あざむ》かれていたのだ。

神々の黄昏《たそがれ》において大蛇は大地を、狼は太陽を貪り食う。

エルフ

エルフは北欧の産である。小さくて性悪だという以外、彼らについてはほとんど知られていない。家畜や子供をさらったり、ちょっとした悪魔じみたことをして喜ぶ。イギリスでは《elflock》という語が髪のもつれを指すが、それはエルフたちのいたずらだと考えられたからだ。たぶん異教徒の時代にさかのぼるアングロサクソン人の呪文によると、エルフは遠くから小さな鉄の矢を射るといういたずらをする習性があった。矢は傷跡を残さずに皮膚を突きぬけ、不意に差し込むような痛みのする部分の根元に入ってしまう。新エッダでは、光のエルフと闇のエルフとが区別される。「光のエルフは太陽のきらめきより美しく、闇のエルフは瀝青《チャン》よりも黒い」。悪夢の意味のドイツ語はアルプ《Alp》である。語源は《elf》にさかのぼる。というのはエルフたちは眠っている人間の胸に重くのしかかって悪い夢を見させるというふうに、中世では一般に信じられていたからだ。

＊――**光のエルフ、闇のエルフ**　前者をリョースアールヴ（光の妖精）といい、後者をデックアールヴ（闇の妖精）という。「スノリのエッダ」十七を参照。

エロイとモーロック

若きハーバート・ジョージ・ウェルズが一八九五年に発表した小説『タイム・マシン』の主人公は、とある機械装置に乗って果てしない未来へと旅する。そこで彼は人類がふたつの種に分裂していることを知る。庭で無為に暮らし、木の実を食べている、ひ弱で無防備な貴族エロイと、幾時代も暗闇で労働してきたので盲目になってしまい、それなのに過去の力に駆られて、何もつくり出さない錆《さ》び付いた複雑な機械を動かしつづけている地下労働者の種族モーロックである。螺旋《らせん》階段のある縦穴がこのふたつの世界をつないでいる。月のない夜、モーロックは彼らの洞穴からよじ登ってきて、エロイを食う。

無名の主人公はモーロックに追われ、現在へ逃げ帰る。彼はその冒険のたったひとつのしるしとして未知の花をもってくる。その花は塵《ちり》となり、何千年何万年の歳月がすぎゆくまで地上に咲くことはない。

オドラデク

オドラデクという語はスラヴ語からきているといい、それに基づいてこの言葉を説明しようとする人もいる。また、ゲルマン語が語源で、スラヴ語には影響を受けただけだと考える人もいる。どちらの説も定かではないので、どちらも正確ではないと仮定しても充分許される。とりわけどちらも、この語の意味を明確にしていないのだから。

オドラデクと呼ばれる生き物が存在しないとすれば、むろん誰もこんな研究に取りかかることはしまい。それは一見、平たい星形の糸巻きのように見え、そして実際、糸が巻きついているようなのだ。もっとも、実にさまざまな種類と色の古いちぎれた糸がむすび合わされたり、もつれ合ったりしているだけだ。しかしそれはただの糸巻きではない。というのは、星形の真中から小さな木の横棒が一本突き出ていて、もう一本小さな棒がそれと直角につながっている。片側にあるこの後《あと》の棒と、もう片側の星形の角のひとつとによって、全体が二本足で立つように直立できるのだ。

この生き物はかつては何か判然たる形をしていて、いまはくずれた姿になりはてたのだと信じたくなる。しかしそうではないらしい。少なくともそういう跡はない。そういうことを暗示する不完全な表面や傷ついた個所は、どこにも見あたらない。全体が実にわけのわからない恰好《かっこう》なのだが、しかしそれなりにまったく完全なのだ。ともかくこれ以上丹念に調べることはできない。オドラデクはとてつもなくすばしこくて、決してつかまらないからだ。

これは屋根裏部屋、階段、廊下、玄関などにかわるがわる潜んでいる。何か月もつづけて姿を見せないこともしばしばある。そんなときには、よその家へ移っているのだろう。だが決まって忠実にぼくらの家へ戻ってくる。部屋を出ると、ちょうど下の階段の手すりに寄りかかっていることもよくあって、そんなときには話しかけてやりたくなる。もちろんむつかしい質問などしない、——まったく小さいのだからそうせざるをえないが——子供みたいに扱ってやるのだ。「やあ、なんていう名？」ときいてみる。「オドラデク」と彼が答える。「で、どこに住んでるの？」「決まったところなんかないさ」といって、彼は笑う。だがそれは肺がなくて出る笑いといったものにすぎない。落葉のかさかさいう音にむしろ似ている。それでたいてい話は終る。そんな返事でさえ、かならずしもやってこない。外見と同じ木みたいに、ずっと黙りこくっていることもしばしばだ。

あいつはどうなるんだろう、とぼくは考えてみるが、むだである。あいつは死ぬことがありうるのか？　何であれ死ぬものは何らかの生きる目的、何らかの活動があって、それが尽きてしまうのだ。ところがこれはオドラデクには当てはまらない。すると彼はぼくの子供や孫たちの足元のすぐ前を、後ろに糸を引きずりながら、いつも階段からころがり落ちていくのだろう、と考えるべきなのか。彼が誰にも害を与えないこと、それはわかる。しかし彼がぼくより長生きしそうだと考えると、ぼくはほとんど苦痛に近い気持になる。

——フランツ・カフカ「家長の心配」

カーバンクル

鉱物学で、ラテン語 carbuncultus《小さな石炭》を語源とするカーバンクルは紅玉《ルビー》のことである。古代人のカーバンクルはざくろ石《ガーネット》だったらしい。

十六世紀の南アメリカで、スペインの征服者《コンキスタドール》たちがこの名称をとある神秘的な動物に与えた——神秘的というのは、それが鳥なのか哺乳類なのか、羽根を生やしているのか毛皮なのか充分に見定めた者がひとりとしてなかったからだ。僧侶詩人マルティン・デル・バルコ・センテネラはパラグアイでそれを見たことがあるといってはいるが、『アルゼンチナ』(一六〇二)のなかでたんに「燃える石炭のごとく輝く鏡を頭にのせた小さな動物……」と書いているにすぎない。いまひとりの南米征服者《コンキスタドール》、オビエドのゴンサーロ・フェルナンデスは、暗闇から光り輝くこの鏡をマゼラン海峡でふたつちらりと見ていて、それを竜が脳のなかに隠しもっていると考えられていた宝石にむすびつけている。彼はその知識をセビーリャのイシドールスから得ている。セビーリャのイシドールスは『エティモロジー』にこう記す。

それは竜の脳からとれるが、しかし生きているその獣の首を切り落すのでないかぎり、宝石に固まることはない。それゆえに魔法使いは眠っている竜の首を切り落す。大胆にも竜の眠る所へ入り込む人間たちは、この獣をまどろませるために調合した穀類を撒きちらし、獣が眠りにおちこんでしまってから首を打ち落し、そして宝石を抜き出す。

ここで思い起されるのはシェイクスピアの蟾蜍《ひきがえる》だ（『お気に召すまま』二幕一場）。この蟾蜍は「醜《みにく》くて毒をもつ」にもかかわらず、「頭には宝石をつけている……」。カーバンクルの宝石をもっていると、富と幸運がもたらされた。バルコ・センテネラはこの捕えがたい生き物を求めて、パラグアイの川の流域やジャングルを狩猟して回り、幾多の辛苦をなめた。結局彼はこれを見つけることができなかった。今日にいたるまで、この獣とその秘められた頭の石のことはそれ以上何も知られていない。

＊──**マルティン・デル・バルコ・センテネラ**（一五三五－一六〇四頃）　スペインの探険家、年代記作者。
オビエドのゴンサーロ・フェルナンデス（一四七八－一五五七）　スペインの探険家、年代記作者。『富の普遍博物誌』その他がある。

海馬

ほかのほとんどの架空の動物と違って、海馬《かいば》は複合の獣ではない。これは海を住処《すみか》とする野生の馬にほかならず、月のない夜、そよ風に牝馬のにおいが運ばれてくるときにのみ岸へあがってくる。どこか定かならぬ島——たぶんボルネオ——で、牧夫たちは王の選り抜きの牝馬たちの前足を杭につないで海辺に残し、自分たちは地下に身を隠す。ここでシンドバッドは種馬が海中から姿を現し、牝馬に飛びかかるのを目撃し、またその叫びを聞いたのである。

『千夜一夜物語』の決定版は、バートンによれば十三世紀にさかのぼる。この同じ十三世紀にザカリーヤ・アル＝カズウィーニーという宇宙誌学者がいて、その著『創造の不可思議』でつぎのように記している。「海馬は陸地の馬に似ているが、鬣《たてがみ》と尾がもっと長く伸びる。色はもっと光沢があり、蹄《ひづめ》は野牛のそれのように割れているが、体高は陸の馬と変らず、驢馬《ろば》よりはやや大きい」。海と陸の種《しゅ》を交配すれば非常に美しい種が生れると彼は述べ、「銀の破片のごとき白い斑点《はんてん》をもつ」一種の黒いポニーをとくに取り上げている。

十八世紀の中国の旅行家王大海はこう書いている。

海馬はふつう牝馬を捜し求めて海辺に現れる。ときには捕えられることもある。体は真黒で光沢があり、尾は長く、地面を引きずる。陸にあがるとほかの馬と同じで、たいへんおとなしく、一日で数百マイルも走ることができる。しかし川に入れてやるのはよくない。というのは水を見るやいなや、昔の性質を取り戻し、泳いで逃げてしまうからだ。

民族学者たちはこのイスラームのフィクションの起源を、風が吹くと牝馬が子を孕《はら》むというギリシア＝ローマのフィクションに求めてきた。『農耕詩』第三巻で、ウェルギリウスはこの信仰を詩にしている。プリニウスの説明（第八巻六七）はもっと厳密である。

リスボンに近いルタニア地方やタホ川流域では、西風が吹くと牝馬がそれに向かって立ち、そして生命の息吹きを身籠《みご》もる。この息吹きが子を産み、こうして非常に足の速い子馬が生れてくるが、しかしこれは三年以上生きることはない。

歴史家ユスティヌスは、駿足《しゅんそく》の馬に対して用いられる「風の息子」という誇張法がこの伝説を生んだという臆説《おくせつ》を出している。

*——ユスティヌス（三世紀頃）ローマの歴史家。その生涯についてはほとんど不明。

怪物アケローン

たったひとり、ただ一度、怪物アケローンを見た者がいる。十二世紀、アイルランドのコークの町でのことだ。ゲール語で書かれた物語の原本は今日散佚《さんいつ》しているが、レーゲンスブルク（ラティスボン）出の、とあるベネディクト会修道士がそれをラテン語に訳し、この翻訳から物語はスウェーデン語やスペイン語もふくめ、数多くの国語に訳された。ラテン語版には五十余りの写本が現存するが、肝心な個所はすべて一致する。『ウィシオ・トゥンダリ』（トゥンダルの幻影）がこの物語の名で、ダンテの詩の素材《ソース》のひとつと見られている。

《アケローン》という言葉についてまず述べよう。『オデュッセイア』第十書で、これは冥府《めいふ》の川のひとつで、人の住む世界のどこか西方の辺境を流れている。この名は『アエネーイス』、ルカーヌスの『パルサリア』、オウィディウスの『転身物語』にも出てくる。ダンテのある行《ライン》にもこれは刻み込まれている。《Su la trista riviera d'Acheronte》（「アケローンの悲しき岸辺にて」）。

ある神話ではアケローンは罰を受けたティーターンであり、もっと古い別の神話では対蹠地《たいしょ》の星座の下、南極に近いところに置かれている。エトルリア人には予言を授ける「運命の書」と、肉体の死後魂の行く道を教える「アケローンの書」がそれぞれいくつかあった。そのうちに、アケローンが冥府を表すようになった。

トゥンダルは行儀のよい勇敢なアイルランドの紳士だったが、やましからぬ性癖がないわけではなかった。あるとき彼は女友達の家で病気になり、三日三晩、心臓にかすかな温《ぬく》もりのあるだけで、死んだも同然となった。意識を回復すると、彼は自分の守護天使がこの世のかなたの地を案内してくれたと語った。彼の見た数多い不思議のなかで、いまわれわれに興味あるのは怪物アケローンである。

この怪物はどんな山よりも大きい。目はらんらんと燃え、口は九千人の人間がすっぽりおさまるくらい大きい。地獄に落とされたふたりの男が柱つまり男像柱のように、その口を支えて開けている。ひとりは両足で、ひとりは頭で立っている。三つの喉《のど》が内に通じ、不滅の火を吐いている。この獣の腹の底から、貪《むさぼ》り食われようとする無数の失われた魂の嘆き声がたえまなく聞こえる。悪魔たちがトゥンダルに、怪物の名はアケローンだと教える。守護天使に置き去りにされて、トゥンダルはほかの者たちとともに中へ吸い込まれる。すると彼は涙、闇、軋《きし》み合う歯、炎、耐えがたい灼熱《しゃくねつ》、凍てつく寒気、犬、熊、獅子《しし》、蛇などの真只中《まっただなか》にいる。この伝説では、地獄はほかの獣を呑み込んでいる一頭の獣である。

一七五八年、エマヌエル・スウェーデンボリーはこう記している。「地獄の全体的な形を見る機会を授けられたことはまだないが、しかし天国が人間の形をしているのと同じように、地獄は悪魔の姿をしているとわたしは承知している」

***──レーゲンスブルク**　ドイツ、バイエルン州にある市。ラティスボンはその旧名。

『パルサリア』　ローマ詩人、ルカーヌス（三九－六五）の十巻から成る叙事詩『内乱』の別称。カエサルとポンペイウスの争闘が歌われる。

鏡の動物誌

十八世紀前半にパリで刊行された『教化と珍聞の書簡集』一巻で、イエズス教会のフォンテッキオ神父は広東の平民の迷信と俗説の研究を計画した。序の概要で彼が書きとめているところによれば、魚は動きまわって光を発する生き物で、かつては誰も捕えたことがなく、多くの者は鏡の奥にちらりと見たことがあるとしかいわなかった。フォンテッキオ神父は一七三六年に没し、その筆によって始められた仕事は未完のままになっていた。ほぼ百五十年後、ハーバート・アレン・ジャイルズがこの中断されていた課題を取り上げた。ジャイルズによれば、この魚に対する信仰は黄帝の伝説の時代にさかのぼるもっと大きな神話の一部である。

当時、鏡の世界と人間の世界は、今日のように切り離されていなかった。さらに、双方がまるで異なっていた。存在も色彩も形も同じではなかった。双方の王国、つまり鏡の王国と人間の王国は円満に共存していた。鏡を通って行き来できたのだった。ある夜、鏡の人々が地上に侵入した。彼らの力は強大だったが、血まみれの戦いの終る頃、黄帝の魔力が支配した。彼は侵入者たちを撃退し、彼らを鏡の中に閉じ込め、あたかも一種の夢の中でのように、人間のすべての行為を反復する仕事を課した。彼は彼らの力と形とを剝奪《はくだつ》し、彼らをたんに奴隷的な反射像にしてしまった。しかしながら、いつかその魔力の解ける日がやってくる。

最初に目覚めるのが魚である。鏡の奥深くにきわめてかすかな線が見え、この線の色はほかのどんな色ともちがってくる。やがて、ほかのいろいろな形が動き始める。少しずつ、それはわれわれとちがってくる。少しずつ、それはわれわれの模倣をしなくなる。それはガラスや金属の障壁を突き破って、今度は打ち負かされることがない。こうした鏡の生き物と手を組んで、水の生き物たちが戦いに加わる。

雲南では、魚とはいわず鏡の虎といっている。この侵入の前に、鏡の奥底から武具のふれあう響きが聞こえると信じている者もある。

＊——『**教化と珍聞の書簡集**』正式タイトルは『異国の宣教師団によって書かれた教化と珍聞の書簡集』で、全四十三巻が一七八一年に出ている。中国の他、日本、近東、エジプト、エチオピア、南北アメリカ、フィリピンなどで布教に当った宣教師の書簡の集大成。**ハーバート・アレン・ジャイルズ**（一八四五－一九三五）イギリスの東洋学者。『中英辞典』（一八九二）、『中国人名辞典』（一八九七）を編纂《へんさん》したほか、『中国素描』（一八七六）、『儒教とその対立者たち』（一九一五）などの著書がある。

過去を称える者たち《ラウダトレス・テンポリス・アクティ》

十七世紀ポルトガルの船長、ルイス・ダ・シルヴェイラは、その著『アジアの人々と病』（リスボン、一六六九）で東洋の一宗派——インドか中国かは不明——のことをいくぶん遠回しに語り、ラテン語の文句を使って《Laudatores Temporis Acti》とそれを称している。この船長は形而上学者でも神学者でもないが、しかし過去崇拝者たちの考える過去の性格は明らかにしている。われわれにとって過去はたんに時間の一断片、あるいはかつては現在だったが、いまの時点では記憶もしくは歴史によってほぼ呼び起こされる一連の断片である。記憶も歴史も、むろんそうした断片を現在の一部とするのである。過去崇拝者にとって、過去は絶対である。過去は現在を所有したことがなかったし、また思い起こされうるものでなく、推し測りうるものですらない。単一性とか複合性とかをそれに帰することもできない。なぜならそれらは過去の属性ではないからだ。同じことがその住民たち——複数形が許されれば——について、彼らの色、大きさ、重さ、形などについていえる。この《あったことのないかつて》の存在に関しては、何ひとつ肯定も否定もなしえない。

シルヴェイラはこの宗派の完全に絶望的なことに注視している。そのような過去は崇拝されていることなど毛頭知ってもいないだろうし、それに身を捧げる者たちになんの助けも慰めも与えないだろう、と。この船長がこの地の名称やこの興味ぶかい社会についてなんらかの手がかりを残してくれていたなら、もっと調べてみることもむずかしくなかった。彼らに寺院も聖典もなかったことだけはわかっている。いまなおそういう過去崇拝者はいるだろうか――それともいまや、そのおぼろげな信仰とともに、彼らは過去のものとなっているのだろうか。

カトブレパス

プリニウス(第八巻三二)の語るところによると、ナイル川の源に近いエチオピアの国境のどこかに、

カトブレパスと呼ばれる野獣がいる。並みの大きさの動物だが、ほかのいろいろな点で手足の動きが緩慢である。頭がきわめて重く、その頭をやっとのことで支えており、いつも地面にかがみ込んでいる。こういう状況でなかったならば、人類の壊滅になることだろう。というのは、その目を見た者はひとり残らずその場で死んでしまうのだ。

カトブレパスはギリシア語で「うつむく者」の意である。フランスの博物学者キュヴィエは、(バジリスクとゴルゴーンに汚された)ヌーの姿が古代人にカトブレパスを思い付かせたと推測している。『聖アントワーヌの誘惑』の結末で、フローベール

はこれを描き、そしてつぎのようにこれに口をきかせている。

……真黒い水牛で、豚の頭を地面すれすれに垂らし、空っぽの腸のように長くて締まりのない細い首がそれを胴体につないでいる。

それは泥のなかをころげまわり、顔を覆う剛毛の大きな鬣《たてがみ》の下に足が隠れてしまう。

「でっぷり肥えて、意気消沈し、用心ぶかくなったこのおれは、腹の下に暖かい泥を感じることしかないのだ。頭は重すぎて、その重みに耐えられないほどだ。それをおれは、ゆっくりと体に巻きつける。口を半分開けて、おれの息で湿らせた毒草を舌で引っ張り出す。一度、気付かずに前足を食ってしまった。

アントワーヌよ、おれの目を見た者はまだひとりもいない。いや、見た者は皆、死んでしまったのだ。もしおれが目蓋《まぶた》を——桃色のむくんだ目蓋をあげるなら、おまえはすぐさま死ぬことだろう」。

＊——ジョルジュ・キュヴィエ（一七六九－一八三二）『化石骨の研究』、『地表変化論』、『動物界』などの著書がある。反進化論者として種不変説を唱え、一八三〇年のいわゆるアカデミー論争でサンティレールを論破したのは科学史上有名なエピソードとなっている。
ゴルゴーン　ギリシア神話で、海の神ポルキュス、その妹ケートーの間に生れた三人の娘。

「強い女」ステンノー、「広くさまよう、あるいは遠くに飛ぶ女」エウリュアレー、「女王」メドゥーサの三人。

ヌー　牛に似た南アフリカ産羚羊《れいよう》の一種。

カフカの想像した動物

この動物には大きな尾がある。それは数ヤードもあって、狐の尾のようなのだ。ぼくはこの尾をいつか両手でつかまえてやろうと思っているのだが、それは不可能だ。この動物はひっきりなしに動きまわり、尾はひっきりなしにあっちこっちと振りまわされるのだ。カンガルーに似ているのだが、しかし顔付はちがっていて、人間の顔のようにのっぺりとし、しかも小さくて卵形なのだ。ただ歯のみが、隠れていても見えていても、なんらかの表情を示す。ときおりぼくは、この動物がぼくを飼い馴らそうとしているのだと感じる。つかまえようとすると尾を引っ込め、それからまたぼくがその気になるまでおとなしく待っていて、それからもう一度さっと飛びのく。こんなことをするのはほかに目的がなさそうだ。

——フランツ・カフカ「最愛の父」

神

セネカの一節に、ミレトスのターレスが、地球は船のようにまわりを取り囲む海に浮かんでいて、嵐によって揺れ動いたり荒れたりするその水が地震の原因だと説いているくだりがある。八世紀の日本の歴史家や神話学者は、それとかなり違った地震説を語っている。聖典にはこうある。

さて、常陸《ひたち》国の地下に大きな鯰《なまず》の形をした神があり、それが動いて大地を揺り動かすので、鹿島の大神が剣《つるぎ》を地中ふかく刺し込んでこの神の頭に突き刺した。そこでいまはこの邪神が暴れると、大神は片手を伸ばして、邪神が鎮《しず》まるまで剣にその手をのせておく。

みかげ石で彫られたこの剣の柄は、鹿島神宮の近くに地上約三フィート突起している。十七世紀に、ある藩主が六日間ここを掘らせたが、刃の先端に達することはできなかった。

民間信仰では、地震魚は体長七百マイルの鰻《うなぎ》で、背に日本を支えている。南北に横たわり、頭は京都の地下に、尾は青森の地下にある。この逆の横たわり方を主張した論理的な思想家もいる。というのは日本の南部のほうが地震が多く、鰻の尾の跳ねるのを地震と見るほうが容易だからだ。この動物はイスラーム教伝説のバハムートやエッダのミズガルズソルムルに似ていないこともない。

地方によってはこの地震魚は、あまり名誉にもならないが、地震虫とされている。竜の頭、十本の蜘蛛《くも》の足、体には鱗《うろこ》がある。これは地下の獣であって、海底の獣ではない。

亀たちの母

紀元前二十二世紀、聖王禹《う》はみずからの足で九山、九河、九沢をめぐってそれを測り、国土を徳と農耕にふさわしい九州に分けた。こうして彼は天と地に氾濫《はんらん》しようとした洪水を治め、つぎのような禹貢《うこう》の話を残した（レッグ訳による）。

わたしは自分の四つの乗り物（馬車、舟、橇《そり》、底釘《そこくぎ》を打った履き物）を駆使した。そして山々を通りながら森を切り開き、同時に益《えき》とともに人民に動物を捕えて肉を食べるすべを教えた。わたしは九つの州に水路を開いて、それを海へ導いた。わたしは溝や水路を掘って、それを川の流れに導き、同時に稷《しょく》とともに穀物の種を播《ま》き、人民に肉食に加えて労働の食物を得るすべを教えた。

史家によれば、領地を分割するやり方を彼に啓示したのは、川床から姿を現した超自然的な、あるいは神聖な亀であった。すべての亀の母であるこの両棲動物は水と火でできていた、とする説もある。もっと奇妙な属性、すなわち射手座の星明りをこれに与える説もある。亀の甲羅には「洪範《こうはん》」(普遍の法)といわれる宇宙論、というかその宇宙論の九疇《きゅうちゅう》の黒と白の点から成る図が書かれていた。

中国人にとって天は半球体で、大地は四角形である。それゆえ彎曲《わんきょく》した上部甲羅と平たい下部甲羅をもつ亀を、世界の姿もしくは型と見る。さらに亀は宇宙の長寿にも与《あずか》っている。したがって(一角獣、竜、不死鳥、虎とともに)霊性をそなえた獣のひとつとされ、また占い師が甲羅の模様に将来を占うのもおかしくない。

丹亀《たんき》(亀の気)というのが、帝に洪範を示した獣の名である。

*——ジェイムズ・レッグ(一八一五-九七)　スコットランドの中国文学者。オクスフォード大学初代中国語教授。中国古典の翻訳や編集、中国古典研究の著述など数多い。

ガルーダ

ヒンドゥー教の神殿を治める三大神の第二神ヴィシュヌは、大海をも満たす大蛇に乗っているか、ガルーダの背にまたがっている。絵画ではヴィシュヌは青で描かれ、四本の腕があって、それぞれの手に棒、貝、円盤、蓮《はす》をもっている。ガルーダは半分禿鷹《はげたか》、半分人間で、前者の翼と嘴《くちばし》と爪《つめ》を、後者の胴体と足をもつ。顔は白く、翼は鮮かな深紅、胴体は金色である。青銅や石でつくられたガルーダの像はインド各地の寺院に祀《まつ》られている。グワリオールにあるものは、紀元前百年以上も前に、ヴィシュヌの信奉者となったヘリオドロスというギリシア人が建てた。

『ガルーダ・プラーナ』――ヒンドゥー教伝承の数多い「プラーナ」、つまり伝説集のひとつ――で、ガルーダは宇宙の始まり、ヴィシュヌの太陽たる本質、ヴィシュヌ信仰の儀式、太陽と月を先祖とする王たちの系譜、『ラーマーヤナ』の筋、その他詩や文法や医学の技術といったさまざまの小題目を詳しく展開している。

ある王の作とされる『蛇たちの歓喜』という十七世紀の戯曲で、ガルーダは毎日、一匹の蛇（おそらく冠《かんむり》コブラ）を殺しては貪《むさぼ》り食うが、ついに仏教徒の皇子に禁欲の価値を教えられる。最後の幕で、悔い改めたガルーダはそれまで自分が食べてきた何世代にもわたる蛇たちの骨を生き返らせる。エッゲリングの説によると、この作品は仏教に対するバラモン教の諷刺である。

ニムバルカという時代不明の神秘家は、自分の冠や耳飾りや笛と同様に、ガルーダが永久に救われる魂だと書き残している。

キマイラ

キマイラのことが初めて語られるのは『イーリアス』第六書である。そこでホメロスは、それが神の血筋を引くもので、前方は獅子《しし》、真中は牝山羊《やぎ》、後ろは大蛇のかたちをし、口から炎を吐き出すと描写している。グラウコスの息子、見目麗《みめうるわ》しいベレロポーンが、神々の御告《みつげ》にしたがって、結局これを殺す。獅子の頭、牝山羊の腹、蛇の尾というのがホメロスの語句の伝えるもっとも明確な姿であるが、ヘシオドスの『神統記』はキマイラが三つの頭をもつとしており、五世紀にさかのぼる有名なアレッツォの青銅像はそういうふうに描いている。この獣《けもの》の背の中央からは牝山羊の頭が突き出ており、背の一方の端には蛇の頭、他方の端には獅子の頭がある。

キマイラは『アエネーイス』第七巻に、「炎で武装して」ふたたび姿を現す。ウェルギリウスの注釈者セルウィウス・ホノラトゥスは、あらゆる典拠からいって、この怪物はその名をもつ火山のあるリュキアの産であると述べている。この山のふもとには大蛇がたくさん棲息し、山腹を登っていったところに草原があって山羊がおり、噴

キマイラ像　前4世紀初頭　Photo/Universal Images Group/Getty Images

火するその寂しい頂上のほうには獅子の群れが棲《す》む。キマイラはこの奇妙な上昇の比喩《ゆ》だろうというのである。これより前にプルタルコスが、キマイラは獅子、山羊、蛇の姿を船に飾った海賊《かいぞく》の名であろうと述べている。

こうした馬鹿げた臆説《おくせつ》は、キマイラが人々を退屈させ始めたことの証しである。それを何かほかのものに変えてしまうほうが、それを想像するより容易だったのだ。獣として、それはあまりに異質なものが混じっていた。獅子と山羊と蛇（テクストによっては、竜）とでは、簡単にひとつの動物にはならない。時とともに、キマイラは《奇想天外《カイメリック》》なものになってきた。ラブレーの有名な洒落《しゃれ》（「虚空でぶんぶん騒ぎたてるキマイラは第二次一般概念を食いうるか？」）は、この変化を明確に示している。寄せ集めのイメージは消滅したが、この言葉だけは残って、不可能を意味している。むだな、もしくは愚かな奇想というのが、今日、辞書に載っているキマイラの定義だ。


*——アレッツォ　イタリア中部トスカーナにある市《まち》。

セルウィウス・ホノラトウス　四世紀ローマの学者。

リュキア　小アジア南西部の古代の国。

虚空で……　『パンタグリュエル物語』第二の書七章に列挙されている書名の一部。渡辺一夫氏訳では「虚空ニ鳴騒乱舞スル奇迷羅ハ果シテ物象偶有属性ヲ喰イ得ルヤ？」。なお「第二次一般概念」は第三の書十二章にもでてくる言葉。

球体の動物

球体は固体のなかで最も形がととのっている。表面上のいかなる点も中心から等距離にあるからだ。このことゆえに、また一定の場所から離れることなく自転する能力があるゆえに、プラトン（『ティマイオス』三三）は世界に球体の形を与えたデミウルゴスの判断を是認している。プラトンは世界が生ける存在であると考え、『法律』（八九八）においては惑星その他の星も生きていると述べている。このようにして彼はさまざまの巨大な球体動物によって幻想動物学を豊かにし、天体の循環軌道が恣意的であることを理解しない愚鈍《ぐどん》な天文学者たちを誹謗《ひぼう》した。

五百年以上後のアレクサンドリアでは、教父のひとりオリゲネスが祝福されたる者は球体となって生き返り、ころがりながら天国へ入ると説いた。

ルネサンス期には、天国を動物と見なす考えがルチリオ・ヴァニーニにふたたび現れる。新プラトン主義者のマルシリオ・フィチーノは地球の毛髪や歯や骨について語っている。またジョルダーノ・ブルーノは遊星がそれぞれ大きなおとなしい動物で、暖かい血が通い、規則正しい習慣をもち、理性を賦与《ふよ》されていると考えた。十七世紀初頭、ドイツの天文学者ヨハネス・ケプラーはイギリスの神秘主義者ロバート・フラッドと論争し、「眠っているときと目覚めているときとで変化するその鯨《くじら》のごとき呼吸によって、潮の満干《みちひ》を引き起こす」生ける怪物として地球を考えたのはどちらが先だったかを張りあっている。この怪物の構造、摂食習性、色、記憶力、想像能力および造形能力を、ケプラーは入念に研究した。

十九世紀には、ドイツの心理学者グスタフ・テオドール・フェヒナー（ウィリアム・ジェイムズの『多元宇宙』で高く評価されている人物）が、まったく子供のように真剣になって右に挙げた諸概念をふたたび取り上げている。われらの母なる地球が有機体である――植物や動物や人間よりもすぐれた有機体である――という彼の仮説を軽視しない者があれば、「フェヒナーの『ゼンド＝アヴェスタ』の敬虔《けいけん》なページに目を通すのがよいだろう。そこにはたとえば、地球の球体という形がわれわれの肉体の最も高尚な器官、人間の目の形であると書かれている。また、「天空が実際に天使の家だとするなら、この天使たちが星であることは明らかである。なぜなら天空に住む者はほかにいないからだ」とも書かれている。

＊――**オリゲネス**（一八五頃－二五四頃）　アレクサンドリア派の神学者。厖大《ほうだい》な数の著述があ

ったといわれるが、大部分は散佚《さんいつ》した。旧約聖書のヘブライ語本文と四つのギリシア語訳、および注釈を対照した『ヘクサプラ』が有名。

ルチリオ・ヴァニーニ（一五八五－一六一九）　イタリアの自由思想家。無神論者として焚刑《ふんけい》に処せられた。

マルシリオ・フィチーノ（一四三三－九九）　フィレンツェ生れの哲学者。プラトン哲学とアウグスティヌス神学との結合を説いた。プラトンのラテン語訳のほか、『プラトン神学』（一四七四）などの著書がある。

ジョルダーノ・ブルーノ（一五四八－一六〇〇）　トマソ・カンパネルラとならぶイタリア・ルネサンス最後の形而上学者。ナポリに近いノラに生れ（「ノラの人」と名乗った）、ドミニコ派修道院に入ったが、その後放浪生活を送り、異端者として焚刑に処せられた。『イデアの影』、『無限、宇宙と諸世界について』、『驕《おご》れる野獣の追放』などがある。

ロバート・フラッド（一五七四－一六三七）　医師を本業としていたが、その神秘思想においてイギリスのヤコブ・ベーメともいえる存在だった。

グスタフ・テオドール・フェヒナー（一八〇一－八七）　医学、心理学、哲学、美学など幅広い分野に業績を残した。心理学では「精神物理学」を創始し、「フェヒナーの法則」が有名。『ゼンド＝アヴェスタ』（『ゼンド＝アヴェスタ、あるいは天国と来世の存在について』）は一八五一年刊。なおゼンド＝アヴェスタとはゾロアスター教の経典のことだが、正確にはアヴェスタが経典で、ゼンドはその注釈のこと。

鎖を巻きつけた牝豚、その他のアルゼンチン動物誌

『アルゼンチン民間伝承辞典』一六〇ページで、フェリクス・コリュクシオはこう記している。

コルドバ北部、とくにキリノスあたりに伝わる鎖を巻きつけた牝豚は、ふつう夜ふけに存在を知らせる。鉄道駅の近くに住む者たちはこれが線路を滑走していくと語り、またその《鎖》で耳を聾《ろう》する響きをたてながら、電信線を伝って走るのも珍しくないと話す者もある。いまのところ、この動物をちらりと見た者すらひとりもいない。いざ探しに出ると、いつのまにか姿を消すからだ。

鎖を巻きつけた牝豚（チャンチャ・コン・カデナス）は、ブリキの牡豚（チャンチョ・デ・ラタ）ともいわれ、ブエノスアイレス州では川ぞいの小村や町にもひろく伝わっている。

アルゼンチンには人間狼が二種類ある。ひとつはウルグアイやブラジル南部にまで伝わるもので、ロビソンという。だがこの地域には狼が生息していないので、人間は豚か犬の姿になるといわれる。エントレ・リオスの町や村では、少女たちが屠殺場付近に住む若者を避ける。土曜の夜ごとに、この若者たちはいま挙げた動物たちに姿を変えるといわれるからだ。中部地方には、チグレ・カピアンゴがいる。この獣はジャガーではなく、思いのままにジャガーに姿を変える人間である。ふつうこれの目的は他愛ない冗談のつもりで友人を驚かすことにあるが、追剝《おいはぎ》たちもこの変装を用いた。前世紀の内乱期間、ファクンド・キロガ将軍はカピアンゴの全軍を指揮下におさめているという風説があった。

＊――ファクンド・キロガ（一七八八／九〇 - 一八三五）剛胆で気性が激しく、「平原の虎」と称された。

クジャタ

イスラーム教の宇宙論で、クジャタは四千の目、耳、鼻、口、足をもつ巨大な牡牛である。ひとつの耳からもうひとつの耳へ、あるいはひとつの目からもうひとつの目へ達するには、五百年も要する。クジャタは魚バハムートの背に立っている。この牡牛の背には大きな紅玉《ルビー》の岩山が、岩山の上にはひとりの天使が、天使の上にはわれわれの大地がある。魚の下には大海が、大海の下には広大な空気の奈落が、空気の下には火があり、火の下には一匹の大蛇がいる。この生き物は、アッラーに対する畏怖がなければ、一切の創造物を呑み込んでしまえるくらい巨大である。

クラーケン

クラーケンはザラタン、およびアラビア人の海竜または海蛇の北欧版である。

一七五二年から五四年にかけて、ベルゲンの司教、デンマーク人のエリック・ポントピダンが『ノルウェー博物誌』を出版した。読者を楽しませ、真《ま》に受けさせてしまうことで有名な著作である。この書によると、クラーケンの背は横幅一マイル半で、その触手でどんな大きな船でも抱き込んでしまう。巨大な背は島さながらに海上にはみ出ている。司教はこう決めている。「浮遊する島々はかならずクラーケンである」。彼はまた、クラーケンが液を吐き出して海を黒く変える習性があるとも書いている。この記述から、クラーケンは蛸《たこ》を巨大にしたものだという説が生れた。

テニソンの少年時代の作に、この奇妙な動物を歌った詩がある。

クラーケン

ふかい天空の雷《いかづち》のもと、
奈落の海のはるか奥底に、
いにしえより夢見ることも侵されることもなく
クラーケンが眠る。どんなに淡い日の光も
彼の影多いまわりに消える。彼の上に盛りあがるは
巨大な海綿、一千年もふえつづけたその高さ。
そしてかなたの弱々しい光の中へと、
不思議の洞穴や隠れた巣穴から
数知れぬ膨大なポリプの群れが
大きな腕でまどろむ緑の草を簸《ひ》る。
幾世も彼はそこに横たわり、これからもそのままで
おびただしい砂蚕《ごかい》の群れを眠りながらに貪《むさぼ》りつづける、
砂蚕の火に海の底が熱くなるまで。
そしてひとたび人と天使にその姿を見せるや、
うなり声もろとも起きあがり、海面にて息絶える。

＊――エリック・ポントピダン（一六九八－一七六四）コペンハーゲンで神学教授をつとめたのち、一七四五年にベルゲンの司教となった。

グリュプス

グリュプスたちと一眼のアリマスポイ人たちとの絶えざる戦いを記述しているなかで、ヘロドトスはグリュプスを翼ある怪物といっている。ほぼ同様に断片的にプリニウスは彼らの耳や鉤形《かぎがた》の嘴《くちばし》のことを語っているが、これを伝説上のものと断じている（十巻七〇）。おそらくグリュプスの最も詳細な描写は、問題のサー・ジョン・マンデヴィルの名高い『東方旅行記』第八十五章にあるものだ。

この地から人々はバクトリイの地へ赴く。そこには邪悪で獰猛《どうもう》な人間が多勢おり、また羊さながらの毛におおわれた木々があって、それで衣服をこしらえている。この地にはイポテイン〔河馬《かば》〕がいて、これはときには陸に、ときには水中に棲《す》み、半人半馬である。人間を捕えるとこれを食い、また人間しか食べない。この地にはほかのどこよりもグリュプスが多く、体の前半分が鷲《わし》、後ろ半分が獅子《しし》だともいわれるが、それは真実である。というのはこれはそのように創造されたからだ。だがグリュプスは八頭の獅子よりも大きく、百匹の鷲よりも逞《たくま》しい。一頭の馬とひとりの人間、あるいは田畑を耕すときのように軛《くびき》でつないだ二頭の牛を背に乗せたまま、これは悠然と空を飛んで巣へ戻っていく。足には牡牛の角のように大きな爪《つめ》を生やしているのだ。その地の者たちはその爪で盃《さかずき》をつくり、肋骨《ろっこつ》で弓をつくる。

マダガスカルで、もうひとりの名高い旅行家マルコ・ポーロはルフのことを耳にして、最初これが《uccello grifone》グリュプス鳥のことだと思ったという（『東方見聞録』三巻三六）。

中世においてはグリュプスの象徴が矛盾している。イタリアの動物物語集では悪魔を表す。ふつうにはキリストの象徴で、セビーリャのイシドールスも『エティモロジー』でそう説明している。「キリストは君臨し、偉大な力をもつゆえに獅子であり、復活の後に天へ昇るがゆえに鷲である」

「煉獄篇」第二十九曲で、ダンテは凱旋車（教会）が一頭のグリュプスに曳《ひ》かれるさまを描いている。その鷲の部分は黄金色で、獅子の部分は――注釈者たちによれば――キリストの人性を表すために紅色のまじった白である。（赤味がかった白は人間の肉の色である。）注釈者たちは雅歌の愛する者の描写（第五章一〇－一一節）を思い起こしている。「わが愛する者は白くかつ紅《くれない》にして……その頭《かしら》は純金のごとく……」ダンテの象徴したかったのは司祭であり王である教皇だった、とする見方もある。ディドロンはその著『キリスト教肖像画提要』（一八四五）でこう書いている。「司教すなわち鷲として教皇は神の命《めい》を受けるべく神の座へと天空に運ばれ、獅子すなわち王として力強く地上を歩く」

＊――サー・ジョン・マンデヴィル　セント・オールバンズ（ロンドン西北にある小さな町）の生れということになっている架空の人物。十四世紀中頃、彼の「東方旅行記」と称する奇書がフランスに現れ、英語、ドイツ語、イタリア語などに訳された。

クロコッタとリュークロコッタ

紀元前四世紀のアルタクセルクセス・ムネモンに仕えた医師クテシアスは、ペルシアの資料を用いてインドに関する記録（『ペルシカ』）を著した。アルタクセルクセス・ムネモン統治下のペルシア人がインドをどのように考えていたかに関心があるなら、これは実に貴重な著作である。第三十二章に犬狼《キュノリュコス》のことを記しているが、プリニウスのクロコッタはこれを進化させたもののようだ。プリニウスはこう書いている（第八巻三〇）。クロコッタは「狼と犬の交尾で生れたように見える動物である。なんでも歯で食いちぎり、すぐさま呑み込むと消化してしまう……」つづいて別のインドの動物リュークロコッタを、こう描写する。

きわめて敏捷《びんしょう》な野獣。野生の驢馬《ろば》ほどの大きさ。鹿の足、獅子《しし》の首、尾、胸、穴熊の頭、双蹄《そうてい》、耳まで裂けた口をもち、歯のかわりに一本の連続した骨がある。人間の声を真似ることができるともいわれる。

のちの文献はプリニウスのリュークロコッタがインド産羚羊《れいよう》とハイエナとの間にできた厄介《やっかい》な雑種だと見ているようだ。プリニウスはこういう動物はすべてエチオピアの風景のなかに組み入れた。便利な動く角を生やし、皮が石のように固く、さらに毛を逆立てている野牛もまた、彼はそこに棲息するとしている。

＊——**アルタクセルクセス・ムネモン** アケメネス朝ペルシア帝国の王、アルタクセルクセス二世のこと（在位前四〇四－前三五九）。記憶力がとくにすぐれていたのでムネモン（記憶よき）とあだ名がつけられた。ちなみにアルタクセルクセス一世は右手が左手より長かったのでロンギマノス（長い手）と、三世はオコス（御者）と呼ばれた。

クロノスあるいはヘラクレス

新プラトン学派のダマスキオス（四八〇年頃の生れ）の著した『第一原理の諸問題と解答』は、オルフェウス教の神統記と宇宙生成論を奇妙な形で伝えている。そこではクロノス——あるいはヘラクレス——が怪物である。

ヒエロニムスとヘラニコス（この二人がひとりでないとすれば）によると、オルフェウス教教理は、初めに水と泥があり、これによって大地が形成されたと説いている。水と大地、このふたつの原理が最初のものであると教えられたのだ。これから生じた第三のものは翼をもつ竜で、これは前方に牛の頭を、後方に獅子《しし》の頭を、中央に神の顔を有していた。この竜は老ゆることなきクロノスとも、ヘラクレスとも呼ばれた。これとともに「不可避」とも呼ばれる「必然」が生れ、宇宙の隅々に広がった。……竜クロノスは、体から三重の種子を出した。湿っているアイテール、際限ないカオス、霧たちこめるエレボスである。この三つの下に竜は卵を産み、これから世界が孵《かえ》ることとなった。最後の原理は男であり女である神だった。これは背に黄金の翼を生やし、両脇腹に牛の頭をもち、また頭は巨大な竜になっていて、あらゆる獣に似ていた……

極端に怪物的なものはギリシアよりもむしろ東洋にふさわしいという理由のためであろうが、ワルター・クランツはこうした空想の産物の起こりを東洋だとしている。

*――ダマスキオス　死んだのは六世紀中葉といわれる。『第一原理の諸問題と解答』は、新プラトン学派の五世紀の代表者プロクロスの体系を維持し、それにさらに手を入れたもの。

ヒエロニムス（三四七頃 - 四二〇頃）　ラテン教父、聖ジェロームのこと。ウルガタ聖書と呼ばれる聖書のラテン語訳を完成したことで名高い。

形而上学の二生物

観念の起源という謎《なぞ》が、一対の奇妙な生き物を想像動物界にもたらす。ひとつは十八世紀中葉に、ひとつは百年後に発生した。

最初は、コンディヤックの感覚の立像である。デカルトは生得観念というプラトン的な原理を唱えた。エティエンヌ・ボンノ・ド・コンディヤックはそれを反駁《はんばく》する目的で、とある大理石の立像を想定した。それは人体に似ていて、認識も思考もしたことのない精神を宿す。コンディヤックはまず、ひとつの感覚、おそらくもっとも単純な感覚である嗅覚を与える。ジャスミンのほのかな香りがこの立像の伝記の始まりである。一瞬のあいだ、全宇宙にはこの香り以外何ひとつ存在しない――というか、もっと正確には、この香りが宇宙である。宇宙は一瞬ののちに薔薇《ばら》の香りとなり、さらにカーネーションの香りとなる。立像の意識において、単一のにおいが存在するや、注意力が生ずる。刺激の消えた後にもにおいが持続すると、記憶力が生ずる。現在と過去の印象が立像の注意力を占めると、比較能力が生ずる。立像が類似と相違を認識すると、判断力が生ずる。比較能力と判断力が二度目に現れると、反省力が生ずる。快い記憶が不快な印象より鮮明になると、想像力が生ずる。ひとたび理解力が生れると、意志力が生れる。愛と憎悪（誘引と反撥《はんぱつ》）、希望と恐れが生ずる。多くの精神状態を経験したという意識によって、立像は数という抽象概念を有するにいたる。これはカーネーションの香りであり、あれはジャスミンの香りだったという意識から、自我の概念が生ずる。

著者はそれからこの仮定の人間に聴覚、味覚、視覚、そして最後に触覚を与える。この最後の感覚によって、彼は空間が存在することを、また空間のなかに自分が一個体として存在することを知る。この段階以前において、音やにおいや色は彼にとって自分の意識の変化、ないしは変形にすぎなかった。

以上の比喩《アレゴリー》は『感覚論』と称され、一七五四年に書かれている。要約するにあたって、ブレイエの『哲学史』第二巻を用いた。

意識の問題が提起したもうひとつの生き物は、ルドルフ・ヘルマン・ロッツェの「仮説動物」である。薔薇の香りをかいで、最後には人間となる立像よりもずっと孤独なこの生き物は、動かすことのできる感覚点を皮膚にただひとつだけもっている。それは触角の先端にある。この構造ゆえに、当然、一時に一個以上の感覚をもつことはできない。この触角を引っ込めたり伸ばしたりすることによって、このほとんど一切を剝奪《はくだつ》された動物は外界を（カントの時間と空間の範疇《はんちゅう》の助けなしに）発見し、静止体と運動体とを区別することができる。この虚構《フィクション》は『心理医学』（一八五二）という著書に書かれている。ハンス・ファイヒンガーがそれを高く評価した。

＊――**コンディヤック**（一七一五－八〇）フランス啓蒙期の感覚論哲学者。ジョン・ロックにおける感覚と反省との二元論に対立し、あらゆる精神活動を《変形された感覚》に帰着させようとした。

エミール・ブレイエ（一八七六－一九五二）フランスの哲学史家。ソルボンヌ大学教授、「哲学評論」誌主幹をつとめた。『哲学史』七巻（一九二六－三二）、『現代哲学の問題』（一九五一）などがある。

ルドルフ・ヘルマン・ロッツェ（一八一七－八一）ドイツの哲学者。十九世紀後半の自然科学的実証主義の思潮と思弁哲学との調和を図った。『哲学体系』二巻（一八七四－七九）がある。

ハンス・ファイヒンガー（一八五二－一九三三）ドイツの哲学者。『かのようにの哲学』（一九一一）において独自の《虚構論》を展開し、認識をあたかも真であるか<ruby>の</ruby>ように見なして《虚構》を構成することがわれわれの思惟《しい》の世界だとした。カントの注解者、カント協会の設立者としても知られる。なお、森鷗外に『かのように』という小説がある。

ケルベロス

冥府《めいふ》が家、ハーデースの家であれば、番犬がいて当然である。それが恐ろしい犬であるのもまた当然である。ヘシオドスの『神統記』はそれが五十の頭をもつとしている。造形美術にとって事は楽になったが、この数が減少してきて、ケルベロスの三頭というのがいまでは公認のものとなっている。ウェルギリウスはその三つの喉《のど》について、オウィディウスはその三重の吠え声について語っている。バトラーは天国の番人であるローマ教皇の三重冠《ティアーラ》を、冥府の番をする犬の三つの頭と比べている。ダンテはその地獄的な性格を増すような人間の特徴を添えている。つまりうす汚れた髯《ひげ》を生やし、激しい雨のなかで地獄に落とされた者の魂を掻《か》き裂く爪《つめ》の伸びた手をもつ。嚙《か》みつき、吠え、歯をむき出す。

ケルベロスを日の光のもとへ引き出してくるのが、ヘラクレスの最後の仕事だった。(「彼はケルベロスを、冥府の犬を引き出した」とチョーサーが「牧師の話」で書いている。)十八世紀イギリスの作家ザカリー・グレイは、『ヒューディブラス』の注釈でこの冒険をつぎのように解釈している。

この三頭の犬は過去、現在、そしてきたるべき時を示す。あらゆるものを受け入れ、そしていわば貪《むさぼ》り食うのである。ヘラクレスはこの犬を打ち負かすが、これは英雄的行為が時に対して勝利を収めることを示している。なぜなら英雄的行為は子孫の記憶のうちに現存するからだ。

最古の諸テクストによると、ケルベロスは冥府に入ってくる者を尾で迎え（この尾は蛇である）、逃げ出そうとする者をずたずたに引き裂く。のちの伝記によれば、新しくやってきた者に嚙みつく。これをおとなしくさせるために、死者の柩《ひつぎ》に蜂蜜の菓子を入れた。

北欧神話では、全身に血を浴びた犬ガルムが死者の家を見張っており、地獄の狼たちが月と太陽を貪り食うときに神々と戦《いくさ》をすることになっている。この犬は四つ目だともいわれる。バラモン教の死の神、閻魔《ヤーマ》の犬たちが、やはり四つ目だった。

バラモン教でも仏教でも、冥府にはたくさんの犬がいて、それはダンテのケルベロスのように魂を責め苦しめる。

＊――サミュエル・バトラー（一六一二‐八〇）　同姓同名の『エレフォン』の作者と区別して、『ヒューディブラス』の作者と呼ばれるイギリスの諷刺詩人。『ヒューディブラス』（三部、一六六三、六四、七八）は『ドン・キホーテ』に構想を借りた諷刺詩で、非国教徒を揶揄《やゆ》したもの。
ザカリー・グレイ（一六八八‐一七六六）　イギリスの好古家。

ケンタウロス

ケンタウロスは幻想動物界のなかで最も調和のとれた動物だ。「双形」とオウィディウスの『転身物語』では称されているが、その異質混淆《こんこう》の性格は見逃されやすく、われわれはプラトンのイデアの世界に、馬や人間の原型と同じくケンタウロスの原型も存在すると考えやすい。この原型の発見には数世紀を要した。古代初期の遺跡には、馬の胴と後ろ半分が腰に落着かなく付いている裸体の人間像が見られる。オリンピアのゼウスの神殿の西面には、ケンタウロスたちがすでに馬の足で立っており、その動物の首になるべきところから人間のトルソーとなっている。

ケンタウロスたちはテッサリアの王イクシオーンと、ゼウスがヘーラー（ユーノー）の姿に似せた雲との子であった。別の言い伝えによれば、アポロンの息子ケンタウロスとスティルベーの子であった。第三の言い伝えによれば、ケンタウロスがマグネーシアの牝馬たちと交わって生れた。（ケンタウロスはガンダールヴァ《gandharva》に由来するともいわれる。ヴェーダ神話で、ガンダールヴァは太陽の馬たちを御する群小の神々である。）乗馬の技《わざ》はホメロスの時代のギリシア人に知られていなかったので、彼らが初めて出くわしたスキタイの騎兵が馬と一体であるように思われたというふうに推測されている。南米征服者《コンキスタドール》たちの騎兵隊もインディアンにとってケンタウロスだったといわれる。プレスコットの引用している一文にはこうある。

乗り手のひとりが落馬した。するとこれまでその動物を一体だと思っていたインディアンたちは、それがばらばらになったのを見ると恐れ戦《おのの》いて逃げていき、獣がふたつになったと仲間たちに大声でふれまわり、このことを不思議に思うようになった。ここに神の秘められた手を感じることができよう。なぜならこの出来事がなかったら、彼らはキリスト教徒を皆殺しにしたかもしれない。

しかしギリシア人はインディアンと違い、馬には馴染《なじ》んでいた。ケンタウロスはうまくこしらえられたもので、無知から生じた混同ではなかったというのが当っていよう。

ケンタウロス伝説のなかでもっともよく知られたものは、結婚式の席でラピテース族と戦闘する話である。ケンタウロスたちには酒は初めての経験だった。酒宴の最中に、ひとりの酔ったケンタウロスが花嫁を辱《はずか》しめ、食卓をひっくり返し、有名なケンタウロスの戦いが始まる。これはフェイディアス、もしくは彼の弟子がパルテノンに彫刻し、オウィディウスが『転身物語』第十二巻で後世に伝え、ルーベンスに霊感を与えるものとなる。ラピテース族に敗れて、ケンタウロスたちはテッサリアを追われた。ヘラクレスは二度目に彼らと出会ったとき、その弓矢でケンタウロス族をほぼ全滅させてしまった。

怒りと野蛮《やばん》さがケンタウロスに象徴されているが、「ケンタウロスのなかでいちばんに正義を守る」（『イーリアス』第十一書八三二行）ケイローンは、アキレウスとアスクレーピオスの師で、彼らに医学や医術のみならず、音楽、狩猟、戦いの技を教えた。ケイローンはふつう「チェンタウロの曲」として知られる「地獄篇」第十二曲のなかで、ひときわ目立っている。『神曲』一九四五年版におけるモミリャーノの鋭敏な洞察は、関心ある向きには興味ぶかい。

プリニウス（第七巻三）は、クラウディウス皇帝の時代に、蜂蜜詰めにされてエジプトからローマへ運ばれるヒッポケンタウロスを見たと述べている。

「七賢人の饗宴《きょうえん》」で、プルタルコスはこんな滑稽《こっけい》な物語を語っている。コリントスの僭主《せんしゅ》ペリアンドロスの羊飼いのひとりが、牝馬が産んだばかりの子供を皮の袋に入れて主君のもとへもってきた。その顔と首と腕は人間だったが、体は馬だった。赤ん坊のように泣くので、皆、それが何か恐ろしい前兆だと思った。賢者ターレスがそれを調べ、含み笑いをした。そしてペリアンドロスに、羊飼いたちの行ないを是認するわけにはいかないと述べた。

詩『物の本質について』第五巻で、ルクレティウスはケンタウロスなどは存在しえないと断じる。なぜなら馬という種は人間よりも先に成熟するので、三歳でケンタウロスは成長しきった馬であり、かつ片言しかいえない赤子である。馬のほうは人間よりも五十年先に死んでしまう、というのである。

＊——**ウィリアム・ヒックリング・プレスコット**（一七九六－一八五九）アメリカの歴史家。スペイン古文書の研究から出発して、スペイン人のアメリカ植民の歴史を書いた。『メキシコ征服』（一八四三）、『ペルー征服』（一八四七）など。ボルヘス同様、半盲であった。

フェイディアス　紀元前四七五－四三〇頃に活躍したギリシア最大の彫刻家。パルテノンのアテナー女神の巨像、オリンピアのゼウスの巨像など大作を残した。

クラウディウス（前一〇－五四）ローマ帝政初期の皇帝。在位四一－五四年。

ゴーレム

無限の知恵に息吹きを与えられた書物においては、何ひとつ偶然に委ねられてはいない。その書にふくまれる語の数や文字の配列までもである。そのようにカバリストたちは考え、神の秘密を看破しようとする欲求に燃えて、聖書の文字を数えたり、組み合わせたり、その順序を変えたりする仕事に専念した。ダンテは聖書のすべてのくだりには四重の意味があると述べた——字義的、寓意的、倫理的、精神的意味である。ヨハネス・スコトゥス・エリウゲナは神性の概念にいっそう接近し、聖書の意味は孔《く》雀《じゃく》の尾の色合いのごとく無限であると、それ以前に語っている。カバリストたちもこの見解を認めたであろう。彼らが聖書に捜し求めた秘密のひとつは、生きた存在をつくりだす方法だった。悪魔たちは駱駝《らくだ》のような大きくて嵩《かさ》のある生き物をつくることはできるが、きゃしゃなものやか弱いものはつくる力がないといわれ、律法学者《ラビ》エリエゼルは彼らが大麦の粒より小さいものをつくりだすことはできないとした。《ゴーレム》とは文字の組み合わせによってつくられた人間に与えられた名である。この語の文字通りの意味は無形の、もしくは生命のない土塊《つちくれ》である。
タルムード（「サンヘドリン」65b）にこうある。

> 正しき者がひとつの世界を創造しようとするならば、それは可能である。神の神聖きわまる御名の文字をさまざまに組み合わせることによって、騾馬《らば》はひとつの人間を創造することに成功し、それをラビ・セラのもとへ送った。ラビ・セラはこの人間に語りかけたが、答えがなく、そこでこういった。「おまえは魔法の生き物だ。塵埃《じんあい》にふたたび帰るがよい」
>
> 　ふたりの学者、ラビ・ハニナとラビ・オシャヤは安息日の前日ごとに「創造の書」の研究に当り、それによって三歳の子牛をつくって夕食のために用いた。

ショーペンハウアーは『自然界の意志』のなかでこう書いている（第七章）。「『魔術叢書』第一巻三二五ページで、ホルストはイギリスの神秘家ジェイン・リードの教義をこう要約している。すなわち、魔力を有する者は誰でも、鉱物界、植物界、動物界を自由自在に支配し変えることができる。したがって数人の魔術師が協力して働けば、この世を楽園の国に戻すことができる、と」

西洋におけるゴーレムの名声はオーストリアの作家グスタフ・マイリンクの著作に

負っている。その幻想小説『ゴーレム』第五章で、彼はこう書いている。

この話の起こりは十七世紀にさかのぼるといわれる。いまは散逸したカバラの規定書にしたがって、とある律法学者《ラビ》〔イェフダ・レーヴ・ベン・ベザレル〕がひとりの人造人間――さきほどいったゴーレム――をつくった。教会堂の鐘をならすことや、そのほか一切の雑用をこの男にまかせようとしたのだ。

これがまともな人間にはならず、一種の愚鈍《ぐどん》でなまくらな植物みたいな存在になった。舌の下に貼りつけた護符の力と、それが引き寄せる宇宙の星の自由エネルギーのおかげで、この存在は昼間だけ生きていた。

ある夜、夕べの祈りの前に律法学者《ラビ》がゴーレムの口から護符をはずすのを忘れると、この生き物は急に狂暴になって、ユダヤ人街の真暗な通りを駈《か》けまわり、出くわす連中をなぐり倒し、律法学者《ラビ》はやっとのことでこれをつかまえ、護符をはがした。

これはすぐさま命をなくして倒れてしまった。あとに残ったのは、今日アルトノイ教会堂に展示されている小人のような土塊だけだった。

ヴォルムスのエレアザール（一一六〇－一二三〇）はゴーレムをつくる秘法を伝え

ている。必要な手順としてはおよそ二十三の二つ折り本の円柱を網羅し、「二百二十一の門のアルファベット」の知識を要し、それをゴーレムの器官ひとつひとつの上で復唱しなければならない。「真理」を意味する《emet》という語を額に記す。この生き物を殺すには、その最初の一文字を消し去る。《met》という語は「死」の意味である。

*——ヨハネス・スコトゥス・エリウゲナ（八一〇頃‐八七七頃）アイルランド生れのスコラ哲学者。フランク王国に渡り、シャルル禿頭王《とくとう》（在位八四三‐八七七）に厚遇され宮廷学校で教えた。主著は『自然の区分について』。
ジェイン・リード（一六二三頃‐一七〇四）十七世紀後半にロンドンで盛んだったフィラデルフィアン協会の中心的人物。この協会は一種の自然汎神論を唱える神秘宗教の一派で、一六五二年、バークシャー州ブラドフィールドの牧師ジョン・ポーディジ（一六〇七‐一八一）によって創設された。リード夫人の死後まもなく解体した。

サテュロス

サテュロスはギリシア名である。ローマではファウヌス、パーン、シルウァーヌスと呼んだ。下半身が山羊《やぎ》で、胴と腕と頭は人間だった。全身が毛深くて、短い角と尖《とが》った耳と敏捷《びんしょう》な目をもち、それに鷲鼻《わしばな》だった。サテュロスたちは好色で酒好きだった。バッカスが浮れ騒ぎながら血も流さずにインドを征服した際、彼らもそれに随行《ずいこう》していた。ニンフたちを待ち伏せし、踊りに興じた。彼らの楽器はフルートだった。田舎の人々は彼らをうやまい、収穫の最初の作物を捧げた。羊も生贄《いけにえ》にして捧げられた。

ローマ時代、この半神半人のひとりがテッサリアの山腹の洞穴で眠っているところを、スラの兵士たちに不意に襲われた。兵士たちは彼を将軍の前へ連れていった。サテュロスは言葉にならない声をあげ、それに目にも鼻にも不快きわまりなかったので、スラはすぐさま彼を荒れ野へ連れ戻させた。

サテュロスの面影は中世の悪魔のイメージとして残った。「諷刺文学《サタイア》」という語はサテュロスと何の関係もないらしい。ほとんどの語源学者は《satire》の語源を《satura lanx》盛り合わせ皿だとしている。これからユウェナーリスの作品のような混ぜ合わせの文学作品ができた。

＊──スラ（前一三八 - 前七八）古代ローマの政治家、将軍。
ユウェナーリス（六〇頃 - 一二八頃）ローマ最大の諷刺詩人。五巻十六編の諷刺詩『サトゥラェ』が残存する。

ザラタン

あらゆる国、あらゆる時代に伝わっている物語がひとつある――船乗りたちが見知らぬ島へ上陸するが、その島が実は生き物で、海中に沈んで全員を溺《おぼ》れさせてしまう、という話である。こうした作り話は、シンドバッドの第一の航海や『狂えるオルランド』第六歌三七連（Ch'ella sia una isoletta ci cremedo ――「われらはそれ〔鯨〕を小島と思いし」）、アイルランドの聖ブレンダン伝説やアレクサンドリアのギリシア動物物語集、スウェーデンの伝道師オラウス・マグヌスの『北欧史』（ローマ、一五五五年）や『楽園喪失』第一篇のつぎの一節などに見える。『楽園喪失』のその一節では、「長く大きく伸びたる」サタンが鯨にたとえられる（二〇三－八）。

ノルウェーの水面《みなも》にまどろみたる彼を
夜の闇に迷いし小船の頭《おさ》は
島かとおもい、しばしば、水夫らがいうに、

その鱗《うろこ》せる皮に錨《いかり》をおろして
風下の側《がわ》に泊まり、そのあいだに夜は
海を覆いて……

皮肉なことに、この伝説のもっとも初期の記録のひとつは、これを論駁《ろんばく》するためにこの話を伝えている。それは九世紀のイスラーム教徒で動物学者のアル＝ジャーヒズが、その著『動物の書』のなかでこう記しているものだ。ミゲル・アシン・パラシオスのスペイン語訳から引用する。

ザラタンに関していえば、わたしは自分の目で実際にそれを見た人間にひとりとして会ったことがない。つぎのようなことを主張する船乗りたちはいる。つまり、彼らがいくつか海の小島にそって進んでいくと、木々の生い茂る谷間や洞穴が見えたので、上陸して大きな焚火をした。炎の熱がザラタンの背骨に達すると、この生き物は彼らを乗っけたまま、生えている草木もろとも海中へと沈みはじめ、ついには泳いで逃げることのできた者だけが助かった、というのである。このうえなく図々しくて、想像たくましい作り話でも、これにはかなわない。

ペルシア人の宇宙誌学者で、アラビア語で著作したアル＝カズウィーニーの手になる十三世紀の記録を見ることにしよう。『創造の不可思議』と題する書からのものだが、それにはこうある。

海亀についていえば、それは船に乗っている人々が島だと思うほど巨大なものである。ある商人がこう伝えている。
「海を越えていくと、緑の草木の茂る島を発見した。そこでわれわれは上陸して、炊事の火を起こす穴を掘った。すると島が動きだして、船乗りたちが叫んだ。『船へ戻れ！　亀だ！　焚火の熱でやつが目を覚ました、溺《おぼ》れてしまうぞ！』」

この話は『聖ブレンダンの航海』にも出てくる。

それから彼らは船を進め、ほどなくその島へやってきた。しかしある場所は水が浅く、ある場所には大きな岩があり、それでもようやく上陸し、そこは安全だと思われたので、夕餉《ゆうげ》の仕度をしようと火を起こしたのだが、聖ブランドンは船にとどまった。かくて火が熱く燃え、肉が柔らかになりかけたとき、この島は動き始めた。僧たちは胆《きも》をつぶし、すぐさま船へ逃げ帰り、火も肉も後に残したまま、その動くさまに驚嘆した。聖ブランドンは彼らを落ち着かせると、それがジャスコニイという名の大きな魚で、自分の尻尾を口にくわえようと日夜苦労しているのだが、図体が大きすぎてうまくいかないのだと語った。

『エクセター書』のアングロサクソン動物物語集では、この危険な島は鯨で、「策略に長《た》け」、船乗りたちを巧妙にたぶらかす。船乗りたちがその背でキャンプを張り、海での労働の疲れをいやしている。突然、「大海の客」は海中に沈み、男たちは溺《おぼ》れてしまう。ギリシア動物物語集では、鯨は「箴言《しんげん》」（その足は死に下《くだ》り、その歩《あゆみ》は陰《よ》府《み》に赴《おもむ》く（五章五節））の娼妓《あそびめ》を表す。アングロサクソン動物物語集では、悪魔と禍《わざわ》いを表す。これと同じ象徴的な意味は、十世紀後に書かれた『白鯨』にも見られる。

＊——**聖ブレンダン**（四八六頃－五七八頃）　Brendan とも Brandon とも綴られる。「聖ブレンダンの航海」として知られる伝説は九世紀はじめにラテン語の散文で書かれたもので、数多くの国語に翻訳されて広まった。修道僧の一行とともに聖ブレンダンが大西洋の「約束の地」にたどりつくまでの冒険物語。

オラウス・マグヌス（一四九〇－一五五七）　一五二三年ローマに亡命し、ローマで没した。『北欧史』は、十七世紀において多くの版を重ね、さまざまの翻訳も出された。『ゴート人、スウェード人、ヴァンダル人の歴史』というタイトルで出版された英訳（一六五八）は、長い間、北欧民族に対するヨーロッパ人の観念に影響を与えた。

アル＝ジャーヒズ（七七六？－八六九）アラビア人の著作家。神学、歴史、科学、文学など多方面にわたる著作を残した。『動物の書』はアリストテレスを一典拠として、進化、適応、動物心理についての生物学上の理論を展開したもの。

エクセター書　中世前期英詩写本の収集。九七五年頃の書写といわれ、イギリス、デヴォンシャー、エクセターの司教レオフリックが一〇六〇年頃この市の教会堂にこれを残し、今日まで伝わっている。

サラマンドラ

これは火中に棲《す》む小さな竜であるだけではなく、（ある辞典によれば）「虫を食う両棲類で、真黒いなめらかな皮に黄色の斑点《はんてん》がある」。このふたつの特徴のうち、よく知られているほうは想像上の特徴である。それゆえ本書にサラマンドラを入れても奇妙ではあるまい。

『博物誌』第十巻でプリニウスが述べているのによると、サラマンドラは「きわめて冷たいので、氷と同じように火に触れただけで溶ける」。のちに彼はこのことを熟考し、かりにサラマンドラについて妖術師の語ることが真実なら、これを使って火事を消せるだろうと、懐疑的に記している。第十一巻で、彼は四つ足で翼のある虫について語る。これは「ピュラリス」あるいは「ピュラウスタ」と呼ばれ、「キュプロスの銅を溶かす炉のなかに、火の真只中《まっただなか》に」棲む。空気の中に出てきて少しの距離を飛ぶと、たちどころに死ぬ。人間の記憶にあるサラマンドラが、いまや忘れられたこの動物と混合した。

フェニクスは神学者たちによって肉体の蘇《よみがえ》りの証明に用いられた。サラマンドラは肉体が火の中で生きられる証《あか》しとして用いられた。聖アウグスティヌスの『神の国』第二十一巻に、「現世の肉体は火によって破壊されないかどうか」という章があり、その冒頭にこうある。

肉をそなえ命ある体が死に対しても永遠の火の力に対しても耐えうることを証明するために、それではわたしは不信仰者にどういったらよいだろう。彼らはわれわれがそれを神の力に帰することを許さず、何らかの例によって示してみよといってきかない。われわれはこう答えよう。死すべき運命ゆえに死滅をまぬがれないが、にもかかわらず火の真只中で傷つかずに生きる創造物も存在するのだ。

修辞的効果の工夫としてサラマンドラやフェニクスに頼る詩人もまた多い。ケベードは「愛と美の功績を称える」『スペインのパルナッソス』第四巻のソネットで、つぎのように書いている。

Hago verdad la Fénix en la ardiente
Llama, en que renaciendo me renuevo ;

Y la virilidad del fuego pruebo,
Y que es padre y que tiene descendiente.

La Salamandra fría, que desmiente
Noticia docta, a defender me atrevo,
Cuando en incendios, que sediento bebo,
Mi corazón habita y no los siente.

〔わたしは燃える炎につつまれたフェニクスの真なることを証言する、なぜならわたし自身も燃えて生き返るからだ。そしてわたしは火が男たることを証言する、それは父となり子をもちうるものだ。

わたしはまた、識者たちの論駁《ろんばく》する冷たいサラマンドラをあえて擁護《ようご》する、なぜならわたしの心は炎のなかに住み、わたしは渇いてそれを飲み、しかも痛みを覚えない。〕

十二世紀中葉、王の中の王プレスター・ジョンがビザンティウムの皇帝に送ったものだと称する偽造書簡がヨーロッパ中に流布《るふ》した。この書簡は不思議の数々のカタログで、金を掘る巨大な蟻《あり》、石の川、魚の棲む砂の海、王国での一切のことを映す塔のごとく高い鏡、一個のエメラルドからつくられた笏《しゃく》、人間の姿を見えなくしたり、夜を照らしたりする小石などのことが書かれている。その断片のひとつにはこうある。「わが王国はサラマンドラという名で知られる虫を産出する。サラマンドラは火中に棲み、繭《まゆ》を出す。これを女官たちが紡《つむ》いで、布や衣服を織る。この繊維を洗ってきれいにするには、火のなかに投げ込む」

火で洗濯するこの壊れないリンネルもしくは織物について、プリニウス（第十九巻四）とマルコ・ポーロ（第一巻三九）に言及がある。後者はサラマンドラが物質であって、動物ではないとしている。最初、それを信ずる者はなかった。石綿でつくられ、サラマンドラの皮として売られる品々が、サラマンドラの存在を示す反論しようのない証拠だったのだ。

『自叙伝』のどこかでベンヴェヌト・チェリーニは、五歳のとき蜥蜴《とかげ》に似た小さな動物が火の中で戯れているのを見たと書いている。それを父親に話すと、父親はその動物はサラマンドラだと教え、人間にはめったに見られないこの驚くべき姿がいつまでも子供の記憶に焼きつくようにと、息子をぴしりと打った。

錬金術師にとって、サラマンドラは元素たる火の霊だった。この象徴や、『神々の本性について』第一巻でキケロが書き残してくれたアリストテレスの論証に、伝説のサラマンドラの存在が信じられていた理由が見出せる。シチリアの医師、アクラガスのエンペドクレスはそれ以前に四つの《根》、すなわち物質の四元素という説を唱えている。それらの対立と和合が《争い》と《愛》によって支配され、宇宙の過程をつくりあげる。死滅というものはない。ローマ人がのちに《元素》と呼んだ《根》の断片があるにすぎず、それらが分離しているか融合しているかである。これらの元素は火、土、空気、水である。それらは永遠なもので、どれがどれより強いということはない。この原理が誤りであることを今日われわれは知っている（知っているつもりでいる）が、かつて人間はこれを貴重な説と考え、おおむね役に立っていたらしい。テオドール・ゴンペルツはこう書いている。「世界をつくりあげ、それを支えている四元素は、いまなお詩や民間の想像のなかに生き残っており、長い輝かしい歴史を有する」。この学説は均等を必要とした。土と水の動物が存在するゆえに、火の動物が必要だったのだ。科学の尊厳のためには、サラマンドラの存在することが必須条件だった。同様に、アリストテレスは空気の動物について語っている。

レオナルド・ダ・ヴィンチはサラマンドラが火を食らい、それによって皮を再生すると述べている。

＊――**プレスター・ジョン**　十二世紀の伝説上の聖職者《プレスター》、王。中世にアビシニアあるいはアジアに強大なキリスト教王国を建設したという。
ベンヴェヌト・チェリーニ（一五〇〇－七一）　イタリアの彫刻家、金工家。『自叙伝』は一七二八年に出版され、英語（一七七一）、ドイツ語（一七九六）、フランス語（一八二二）に訳されてひろく読まれた。
アクラガスのエンペドクレス（前四九三頃－前四三三頃）　政治、弁論、詩、医術、予言などの多方面に才を示したが、とくに四元素説を唱えたことで有名。
テオドール・ゴンペルツ（一八三二－一九一二）　オーストリアの哲学者、古典学者。『J・S・ミル伝』（一八八九）、『古代哲学史』（一八九三－一九二四）などがある。

三本足の驢馬

プリニウスによれば、ボンベイのパルシー教徒たちがいまなお信奉している宗教の開祖ゾロアスターは二百万行の詩篇をつくった。アラビアの歴史家アル＝タバリは、敬虔《けいけん》な能書家たちによって書きとめられたゾロアスターの全作品が牛皮ほぼ十二万枚におよぶと主張している。周知のごとく、マケドニアのアレクサンドロスはこうした羊皮紙をペルセポリスで焼却させた。しかし僧侶《そうりょ》たちの記憶力のおかげで、原典は消滅をまぬがれ、九世紀以来、『ブンダヒシュン』という百科辞書的な作品によって補足がなされてきた。こういう記述がある。

三本足の驢馬《ろば》については、こういわれている。その驢馬は大海の中央に立ち、三は蹄《ひづめ》の数、六は目の数、九は口の数、二は耳の数、一は角の数である。皮は白色で、霊的なものを食とし、存在全体が正しい。六つの目のうち、ふたつは然るべきところにあり、ふたつは頭のてっぺんに、ふたつは額にある。六つの目の鋭さによって、それは打ち勝ち、滅ぼすのである。
九つの口のうち、三つは顔に、三つは額に、三つは腰の内側にある。……どの蹄も、陸地に置かれれば、一千の羊の群れの空間を占め、距《けづめ》ひとつの下では一千名にのぼる騎兵《きへい》が演習を行なうことができる。耳はといえば、それはマザンデラン〔の北部ペルシア地域〕を陰らせる。角は黄金でできていて、空ろであるが、そこから一千本の小枝が生えている。この角によって、邪悪な者たちのたくらみをすべて挫《くじ》き、潰滅《かいめつ》するのである。

琥珀《こはく》は三本足の驢馬の糞《ふん》だといわれる。マズダ教神話では、恩恵を施すこの怪物は生命、光、真理の原理たるアフラ・マズダ（オルムズド）を助ける存在だった。

＊——アル＝タバリ（八三八頃－九二三）アラビアの歴史家、神学者。その『年代記』（『預言者と王の歴史』）は天地創造から紀元九一五年までの歴史を記す。
『ブンダヒシュン』ゾロアスター教の経典を解説したパーラビ・テクストのひとつで、九世紀頃にできた。三十六章から成り、天地創造、人間の創造、宇宙、復活などを扱っている。

C・S・ルイスの想像した獣

のろのろと、よろけるように、人間とは思われない動きをしつつ、焚火の明かりに深紅に照らされて、人間の姿をしたものが洞穴の地面へ這《は》い出てきた。これはもちろん「非人間」だった。折れた片足を引きずり、屍《しかばね》のように下顎《したあご》をだらしなく垂らしながら、それは立ち上がる構えを見せた。するとそのすぐ背後から、またも穴を這い出てくるものがあった。まず大枝のあつまりのようなものが、それから星座のように不規則にならぶ七、八個の光の点が現れた。つぎには、磨かれたように赤い輝きを発する巨大な管のようなものが。彼はどきりとした。大枝のあつまりは突如、長い針金状の触角と化し、点在する光は固い殻《から》をかぶった頭にあるたくさんの目となり、その後ろにつづく巨塊はほぼ円柱状の太い胴体であることがはっきりしたのだ。恐ろしいものがなおつづいた――骨張った、節の多い何本もの足だ。やがて胴体がすっかり姿を現したと思ったとき、第二の胴体がまた現れ、その後ろに第三の胴体がつづいた。この生き物の体は三つの部分から成り、雀蜂《すずめばち》の腰のくびれのようなものでつながっているだけだった――三つの胴体は本当につながっているようには見えず、踏みつぶされでもしたかのようだった――巨大で、たくさんの足があり、体を震わせている奇形が「非人間」のすぐ後ろに突っ立ち、両方の恐ろしい影が背後の岩壁に踊り、いっしょになって途方もない脅威を与えるのだった。

――C・S・ルイス『ペレランドラ』

C・S・ルイスの想像した動物

物音はいまや非常に大きくなって、それに一ヤード先も見えないくらいに茂みが深くなっていた。すると不意に音楽がやんだ。かさかさいう音と小枝の折れる音がしたので、彼は急いでその方向へ進んでいったが、しかし何も見えなかった。探索をあきらめかけたとき、少し離れたところでふたたび歌が始まった。またしても彼は追跡した。またしてもこの生き物は歌をやめて彼を逃れた。探索がむくいられるまでたっぷり一時間、こうしてかくれんぼうをしていたにちがいない。

音楽がひとしきり大きくなる頃合いを見て慎重に歩んでいくと、ついに花の咲き乱れる枝の隙間から何か真黒いものが見えた。歌がやむたびにじっと立ちどまり、また始まると注意ぶかく進んでいきながら、彼は十分間ほどそれに忍び寄っていった。とうとうそれはすっかりと姿を見せ、なおも歌いつづけていて、見守られているのに気付かないでいた。真黒く、すべすべして、つやのある体をして、犬のように背を伸ばして坐っていたが、それでも肩はランサムの頭より高く、肩を支えている前足は若々しい木のようで、前足を支えている幅広く柔らかい肉趾《にくし》は駱駝《らくだ》のそれのようだった。まるまると太った巨大な腹は真白で、肩からはるか上へと首が馬のそれのように突っ立っていた。ランサムの立っているところからは横顔が見えた——よどんだ震え声で歓喜の歌を歌うとき口は大きく開かれ、つやつやした喉元《のどもと》で音楽が波打つのがはっきりと見えるほどだった。大きく開かれた澄みきった目とひくひく動く敏感な鼻を、彼は驚嘆して見つめた。するとこの生き物は歌をやめ、彼を見ると駈《か》け出していき、今度は数歩離れたところに四つ足で立った。子象ほどの大きさで、長いふさふさした尾を振っていた。ペレランドラで人間になんらかの怖れを見せたように思われるものは、これが初めてだった。だが、それは怖れではなかった。彼が声をかけてやると、これは近寄ってくるのだ。ビロードのような鼻面を彼の手にのせて、彼が触《さわ》ってもじっとしていた。しかしほとんどすぐさま飛びのくと、長い首を折り曲げ、前足の間へ顔をうずめるのだった。それ以上はどうしようもなかった。それが退《しりぞ》いていき、ついに姿が見えなくなると、彼は追うのをやめた。そんなことをすれば、牧神のようなその内気さ、その表情の従順な優しさ、誰も足を踏み入れたことのない森のいちばん深い茂みの真中で永久にひとつの音でありたい、たったひとつの音でありたいというそのまぎれもない願いに対して危害を加えるものと思われただろう。彼はふたたび旅をつづけた。じきに背後で歌声が始まった。前よりもいっそう大きく、美しくなって、ふたたびひとりきりになれたことを喜ぶ勝利の歌声のようだった。

「あの種の獣《けもの》は乳を出さんのです〔とペレランドラは語った〕。生れた子は別の種類の牝獣の乳で育てられることになっています。この牝は大きくて、美しくて、口をききません。歌を歌う幼い獣は乳離れをするまでこの牝の子たちといっしょにいて、この牝に従っています。しかし成長すると、あらゆる獣のなかでもっとも繊細で優美なものとなり、牝のもとを去っていきます。そしてその歌声に牝が驚嘆するのです」

――C・S・ルイス『ペレランドラ』

死者を食らうもの

さまざまな国で、さまざまな時代に、自然発生的に生じた奇妙な文学ジャンルがひとつある。それは「あの世」へ死者を導く手引書だ。スウェーデンボリーの『天国と地獄』、グノーシス派の書物、チベットの『バルド・ソドル』(エヴァンス゠ヴェンツによれば、「死後界における審問による救済」と訳されるべきもの)、エジプトの『死者の書』など、その例は枚挙にいとまがない。最後のふたつの書の諸々の類似と違いは、秘教の学問の注目をひいてきた。ここでは、こういっておくだけで充分だろう。つまりチベットの書では「あの世」が現世と同じように幻《まぼろし》であり、一方エジプト人にとってそれは現実的で客観的な存在を有している。

どちらのテクストにも、神々の陪審の前での判決の場面がある。猿の頭をした神もいる。どちらの書でも、善悪の行為の象徴的な計量がある。『死者の書』では心臓と一本の羽根とが秤《はかり》にかけられる。「心臓は死者の行ない、あるいは良心を、羽根は正義あるいは真実を表す」。『バルド・ソドル』では白い小石と黒い小石とが秤の両側にのせられる。チベット人には、地獄に落とされた者を地獄界の浄化の場へ導く悪鬼、ないし悪魔がいる。エジプト人には、邪悪な者たちを扱ういかめしい怪物、「死者を食らうもの」がいる。

死者は飢えも悲しみも引き起こさなかったこと、自分のために他人を殺したり殺させたりしなかったこと、死者のために取っておいた食べ物を盗まなかったこと、偽《いつわ》りの秤を用いなかったこと、乳飲み子の口からミルクを奪わなかったこと、牧草地から家畜を追い払わなかったこと、神々の鳥たちを網で捕えなかったことなどを誓う。もし嘘をつけば、四十二人の裁判官が彼を「死者を食らうもの」に引き渡す。「死者を食らうもの」は、「頭は鰐《わに》、胴体は獅子《しし》、後半身は河馬《かば》」である。これを補佐してババイという動物がいるが、それが恐ろしい動物だということ以外わからない。プルタルコスはそれを、キマイラの父となったティーターンのひとりと同一視している。

*――エヴァンス＝ヴェンツ『チベットの死者の書』の英訳（一九二七）のほか、『チベットのヨーガと密儀』（一九三五）などがある。

地《じ》均《なら》し獣《じゅう》

一八四〇年から一八六四年の間に、「光の父」(別称「内なる声」)が、バイエルンの音楽家で教師のヤーコブ・ロルバーに、太陽系を構成する天体の人類、動物、植物に関する一連の長々しい啓示を授けた。この啓示のおかげで知ることのできる家畜の一つに地《じ》均《なら》し獣《じゅう》、あるいは地《じ》固《がた》め獣《じゅう》(ボーデンドリュッカー Bodendrücker)があり、ミロンでは数え切れない貢献を成している。ミロンとは、最近のロルバー著作集の編者が海王星とする惑星である。

地《じ》均《なら》し獣《じゅう》は象に酷似しているが、胴まわりは十倍もある。太い鼻は短めで、牙はまっすぐで長い。皮は淡い緑色。四足はピラミッド型で、蹄《ひづめ》のところで驚くほど広がっている。そのピラミッドの頂点が胴体にピンでとめられたように見える。この著名な蹠《しょ》行《こう》動物は、建築作業員や煉《れん》瓦《が》工より先に建築現場のでこぼこしたところへ連れていかれ、そこで蹄や鼻や牙を使って、地面を均したり固めたりする。

地《じ》均《なら》し獣《じゅう》は木の根や草を食べ、数種類の虫のほかに敵がいない。

*――「厹《じゅう》」は獣の足跡。

ヤーコブ・ロルバー（一八〇〇―一八六四）オーストリアのスティリア生れのキリスト教神秘主義者。

シムルグ

シムルグは《知恵の木》の大枝に巣をつくる不死の鳥である。バートンはこれを、新エッダによれば数多くの事柄を知り、世界樹ユグドラシルの大枝に巣をつくる鷲《わし》と比較する。

サウジーの『サラバー』（一八〇一）にも、フローベールの『聖アントワーヌの誘惑』（一八七四）にも、シモルガンカのことが語られる。フローベールはこの鳥の身分をシバの女王の従者にまで貶《おと》しめ、金属の鱗《うろこ》のようなオレンジ色の羽根、人間に似た小さな銀色の顔、四つの翼、禿鷹《はげたか》の爪《つめ》、そして非常に長い孔雀《くじゃく》の尾をもつと描いている。もともとシムルグははるかに重要な存在であった。フェルドウスィーはイラン伝説を集めて韻文にした『王書』のなかで、この鳥を、この詩の英雄の父ザールの養父としている。ファリド・アッ＝ディン・アッタールは十三世紀に、この鳥を神の象徴とした。それは『マンティク＝ウッ＝タイル』（『鳥の議会』）という作品で、ほぼ四千五百の対句より成るこの比喩物語《アレゴリー》の筋は驚くべきものである。かなたの地に棲《す》む鳥の王シムルグがその輝ける羽根を一本、中国の中央のどこかへ落とす。これを耳にして、いまの無秩序状態にあきあきしている鳥たちはこれを捜しにいくことにする。彼らの王の名が「三十羽の鳥」という意味であることを知っている。王の城がカフ、つまり大地を取り巻く山ないし山脈のあることも知っている。最初は、くじけてしまう鳥もいる。ナイチンゲールは薔薇《ばら》への愛を理由にし、鸚鵡《おうむ》は自分は美しいから籠《かご》に入れられて飼われているという。山鶉《やまうずら》は丘でなければ暮らせないといい、鷺《さぎ》は沼地でなくては、梟《ふくろう》は廃墟でなくては暮らせないという。しかし最後に数種の鳥たちが危険な冒険に出かけていく。彼らは七つの谷や海を渡る。その最後から二番目は混乱という名が、最後のものは絶滅という名がついている。巡礼の鳥たちの多くは去っていき、旅路は残った鳥たちに犠牲を強いる。三十羽の鳥たちが数々の辛苦に洗い清められ、シムルグの大きな頂《いただき》に到達する。ついに彼らはそれを見る。彼らは自分たちがシムルグであることを、そしてシムルグが自分たち各々であり、自分たちすべてであることを知る。

エドワード・フィッツジェラルドはこの詩の一部を英訳し、『鳥議会、ファリド・アッ＝ディン・アッタールの鳥議会の鳥瞰図《ちょうかんず》』というおどけた題をつけている。

宇宙誌学者アル＝カズウィーニーは『創造の不可思議』のなかで、シモルガンカの寿命は千七百年であり、息子が成年に達すると火葬の薪《まき》の山にみずからを焼いて死ぬと述べる。「これはフェニクスを思わせる」と、レインは記している。

＊――ロバート・サウジー（一七七四－一八四三）　イギリスの詩人。『サラバー』は彼の代表的叙事詩で、イスラーム教徒の若者サラバーが海底のドムダニエルの館に住む魔術師たちを滅ぼし、みずからも死んで天国に昇り、そこで婚礼の当夜死んだ愛妻オネイザと再会するという筋。

フェルドウスィー（九三四？－一〇二五？）　イラン（ペルシア）の詩人。『王書』はペルシア文学史上最高の作品とされる一大叙事詩で、宇宙創造からサーサーン朝滅亡にいたる歴代五十人の王の治世の記録となっている。

ファリド・アッ＝ディン・アッタール（一二三〇頃没）　ペルシアの神秘主義詩人。『忠言書』『神秘の書』『鳥の言葉』などがある。（『鳥の言葉』は『鳥の議会』と同じ作品）

エドワード・ウィリアム・レイン（一八〇一－七六）『千夜一夜物語』の翻訳（三巻、一八三九－四一）のほか、厖大《ぼうだい》なアラビア語辞典（一八六三－九二）、『近代エジプト人の風俗と習慣』（一八三六）などがある。

釈迦の生誕を予言した象

紀元前五世紀、ネパールの摩耶《まや》女王は黄金の山に棲《す》む白い象が自分の胎内に入った夢を見た。この幻の動物は六本の牙《きば》をそなえていた。王の占い師たちは女王が男子を産み、その子は世界の支配者か人類の救世主になるだろうと予言した。周知のごとく、後者が真《まこと》となった。

インドでは象は家畜である。白は謙譲を表し、六は神聖な数で、空間の六つの次元に照応する。すなわち上下、前後、左右である。

商羊《しょうよう》

雨を降らせたいとき、中国の農民たちは――竜のほかに――商羊《しょうよう》という鳥を意のままに操る。これは足が一本しかない。かなり昔、子供たちが片足で跳びはねながら眉をしかめ、繰り返してこう唱えた。「雷鳴るぞ、雨降るぞ、商羊またまたやって来た！」言い伝えによると、この鳥は嘴《くちばし》で川の水を汲み、それを雨にして渇いた田畑に吹きかけた。

古代のある妖術師がこれを馴らし、袖にとまらせて連れ歩いた。歴史家たちによれば、この鳥があるとき斉《せい》の太子の前を、ぴょんぴょん跳びまわったり、羽根をばたばたさせたりしながら、悠然と往来した。太子はおおいに驚き、魯《ろ》の宮廷に宰相を遣わして、孔子の教えを求めた。賢者は、堤防と水路を直ちに築かなければ、国全体と付近一帯に商羊が洪水を引き起こすだろうと予言した。太子は賢者の警告を無視しなかった。かくて太子の治める地は、甚大な被害と惨禍をまぬがれた。

シルフ

ギリシア人はすべての物質を四つの根源つまり元素に分けたが、その各々に照応する特別の精がのちにつくられた。十六世紀のスイスの錬金術師で医者のパラケルススは、それぞれに名前を与えた。地のノーム、水のニンフ、火のサラマンドラ、空気のシルフもしくはシルフィードである。これらの言葉はすべてギリシア語からきている。フランスの言語学者リトレは《シルフ》の語源をケルト系言語だとしたが、この名前をつけたパラケルススがそうした国の言葉を知っていたことはありそうにもない。

シルフの存在を信ずる者はもはやいないが、この語はほっそりした若い女性に対するちょっとしたお世辞として使われている。シルフは超自然的存在と自然存在との中間の位置を占める。ロマン派詩人や舞踊《バレエ》はこれを無視したことがない。

＊――パラケルスス（一四九三 - 一五四一） スイス生れの医師、哲学者。魔術、錬金術、占星術などを学び、その神秘的自然観はのちにヤコブ・ベーメに影響を与えた。

ジン

イスラーム教伝説によれば、アッラーは三種類の理知的存在を創造した。光でつくられた天使、火でつくられた妖霊《ジン》（単数形は《Jinnee》または《Genie》）、そして土でつくられた人間である。妖霊はアダムより数千年も前に、煙を出さない真黒な火からつくられ、五つの階級から成る。この階級には善い妖霊と悪い妖霊、男の妖霊と女の妖霊がある。宇宙誌学者アル＝カズウィーニーは、「妖霊は空気のごとき動物であり、体が透明で、さまざまな姿になることができる」といっている。まず最初、雲か輪郭《りんかく》の定かでない巨大な柱とかの形で姿を現す。その形が凝縮してくると、人間、ジャッカル、狼、獅子《しし》、蠍《さそり》、蛇などの姿となって見える。真の信仰者である妖霊もいるし、異端者ないし無神論者である妖霊もいる。イギリスの東洋学者エドワード・ウィリアム・レインはこう書いている。妖霊が人間の姿になると、時折途方もなく巨大になり、そして「善い妖霊の場合はふつうまばゆいばかりに見目麗《みめうるわ》しいが、悪い妖霊はぞっとするほど恐ろしい」。彼らはまた、「体を構成する分子を急速に拡張したり希薄にしたりすることによって」随意に姿をくらまし、空気や土や堅い壁のなかに消えてしまうともいわれる。

妖霊はしばしば下天に昇り、将来の出来事についての天使たちの会話を盗み聞きする。これによって彼らは妖術師や占い師を助けることができる。ピラミッドを、あるいはソロモン王の命令にしたがってイェルサレム大寺院を建てたのは彼らだとする学者もいる。

妖霊がふつう棲《す》むところは荒れはてた家屋、水たまり、川、井戸、四つ辻、市場などである。エジプト人によると、砂漠で柱のように砂塵《さじん》が舞い上がる竜巻は、とある悪い妖霊が空を飛んで引き起こすものである。流れ星は悪い妖霊に対してアッラーが放った矢であるともいわれる。この性悪者たちが人間にするいたずらとしては、つぎのようなものが伝わる。屋根や窓から通行人に煉瓦《れんが》とか石を投げつけること、美しい女性を誘拐すること、人の住まない家に住みつこうとする者を苦しめること、蓄えをくすねること。しかしながら、慈悲ふかく慈悲あまねきアッラーの名を唱えれば、ふつうそうした劫掠《ごうりゃく》から守られる。

墓地に出没して人間の死体を食う悪鬼《グール》は、下級の妖霊であると考えられている。イブリスが妖霊たちの父であり、長《おさ》である。

一八二八年、若きヴィクトル・ユゴーはそういう者たちの集まりを騒々しい十五連の詩「妖霊たち」に書いた。妖霊たちが群れ集まるにつれて、一連ごとに行《ライン》が長くなり、八連目で最高になる。そこから行がしだいに短くなって詩が終り、妖霊たちが消える。

バートンとノア・ウェブスターは《Jinn》という語を、動詞《生む》からきているラテン語《genius》（神霊）にむすびつけている。スキートは異説を唱えている。

＊――ノア・ウェブスター（一七五八－一八四三）アメリカの辞典編集者。
ウォルター・ウィリアム・スキート（一八三五－一九一二）イギリスの言語学者。

スウェーデンボリーの悪魔

十八世紀スウェーデンの名高い幻視家の著作には、悪魔は天使と同じく個別の種族ではなく、人間から派生すると書かれている。彼らは死後、地獄を選んだ個々の人間である。沼、不毛の荒地、入り組んだ森、焼き払われた町、淫売宿《いんばいしゅく》、陰気な巣窟《そうくつ》、そういった地で彼らはとくべつ幸福を感ずるわけではないのだが、しかし天国にいたらそれよりずっと不幸なのである。時折、天空から天の光が彼らに降りかかる。悪魔たちにはそれが燃えるような熱さ、焼けつくような熱さであり、また鼻を衝く悪臭ともなる。それぞれ自分が見目麗《みめうるわ》しいと思っているが、獣の顔をしている者や、顔のあるべきところが形のない肉のかたまりとなっている者が多い。顔のない者もいる。彼らは互いに憎み合い、武器を取って戦う。彼らがいっしょになるとすれば、それは互いに企《たくら》みをめぐらすためか、互いに殺し合うためだ。神は人間と天使に地獄の図を描くことを禁じているが、天国の輪郭《りんかく》が天使の輪郭をたどるのと同じく、地獄の輪郭は悪魔の輪郭をたどるといわれる。最もけがらわしくて忌《い》まわしい地獄は西方にある。

スウェーデンボリーの天使

勤勉な生涯の最後の二十五年間、著名な哲学者で科学者のエマヌエル・スウェーデンボリー（一六八八－一七七二）は、ロンドンに居をかまえた。だがイギリス人があまり話し好きではないので、彼は悪魔や天使と語り合う習慣が身についた。神は彼に、あの世を訪れてその住人たちの命の中へ入り込む特典を授けた。キリストは、魂が天国へ入ることを許されるには正しくなければならないと説いた。スウェーデンボリーは聡明でもなければならないと付け加えた。のちにブレイクは、芸術家や詩人であるべきことを要求した。スウェーデンボリーの天使は、天国を選んだ者たちである。彼らは言葉を必要としない。天使がほかの天使をそばへ呼び寄せるには、その天使のことを思い浮かべるだけで足りるのである。地上で愛し合ったふたりの人間はひとりの天使となる。彼らの世界は愛が治める。ひとりひとりの天使がひとつの天国である。彼らの姿は完全な人間の姿である。天国の姿も同じである。天使たちは北、東、南、西、どんな方向を向いても、つねに神と向かい合う。とりわけ彼らは聖職者である。

彼らの主な喜びは祈りと、それに神学上の問題を解くことにある。地上の物事は天国の物事の象徴にすぎない。太陽は神を表す。天国には時間が存在しない。ものの外観は気持しだいで変化する。天使の衣はその天使の知力に応じて輝く。富者の魂は貧者の魂よりも豊かである。富者は富に馴染《なじ》んでいるからだ。天国においてはすべてのもの、家具も市《まち》も地上のもの以上にしっかりした形をそなえ、しかも複雑である。色彩ももっと変化に富み、華麗である。イギリス生れの天使は政治好きの性向を見せ、ユダヤの天使は小間物類の商いをしたがる。ドイツの天使は部厚い書物を持ち歩き、何か答える前にそれを参照する。イスラーム教徒はムハンマドを崇拝するので、神は彼らに預言者の姿をした天使を授けた。霊魂の貧しい者や隠遁《いんとん》者は天国の喜びを与えられない。彼らにはそれを享受することができないからだ。

スキュラ

怪物となって、さらに岩に変えられる前、スキュラはニンフで、海神のひとりグラウコスに恋されていた。彼女を得るため、グラウコスは魔法の草や呪文に明るいことで知られるキルケーの助けを求めた。しかしキルケーは一目でグラウコスに惹《ひ》かれた。残念ながら彼にスキュラを忘れさせることができないので、この恋敵を罰しようと、キルケーはニンフの沐浴《もくよく》する泉に毒草の汁を流し込んだ。このとき、オウィディウスによれば、

スキュラがやってきて、腰まで水にひたる。すると突然、吠え声をあげる怪物たちがからみついて腰を醜《みにく》い恰好《かっこう》にしてしまったのに気付く。初めはそれがわが身の一部だと思いもせずに、彼女は恐ろしさに逃げ出し、その荒れ狂って吠える生き物を追い払おうとする。ところがふり放そうとするものは、ずっといっしょについてくる。腿《もも》、脛《すね》、足とさわってみると、そのいたるところにあんぐり口を開

けた犬どもの顔、ケルベロスのごとき顔がある。彼女は狂暴な犬たちを足にして立っているのだ。そして削り取られた腰と腹はなにやら獣の姿をしたものにぐるりと囲まれている。(『転身物語』第十四巻五九－六七)

それから彼女は自分が十二本の足で支えられていることに気付く。頭は六つあって、歯は三列に並んでいた。この転身の恐ろしさのあまり、彼女はイタリアとシチリアの間の海峡に身を投げ、神々によって岩に変えられた。嵐になると水夫たちは、この岩のごつごつしたくぼみにぶつかって砕ける大波の恐ろしい轟《とどろ》きのことを口にする。

この伝説はホメロスや、『ギリシア案内記』の著者パウサニアス(二世紀頃)によっても記されている。

スクォンク（溶ける涙体）

スクォンクの棲息範囲はきわめて限られている。ペンシルヴァニア州の栂《つが》の森ではよく見かけるといわれるこの風変りな獣について、ペンシルヴァニア州以外の人はほとんど耳にしたことがない。スクォンクは非常に引込みがちな性質があって、ふつう明け方や夕暮れに徘徊《はいかい》する。疣《いぼ》と痣《あざ》におおわれたしっくりしない皮のために、これはいつも不幸せでいる。実際、いちばん確かな筋の人たちにいわせると、獣のなかでもっとも病的である。跡をつけるのがうまい狩人なら、スクォンクの涙の跡をたどっていくことができる。というのも、この動物は始終涙を流して泣くからだ。追い詰められて逃げられなくなると、あるいは驚いたり怯《おび》えたりすると、涙に全身が溶けてしまうことすらある。スクォンク狩りをするには、霜の降るような月明かりの夜がいちばん打ってつけである。涙の流れるのが遅いし、この動物が動きまわりたがらないからだ。そんな夜には、暗い栂の森の大枝の下で泣いている声が聞かれる。以前ペンシルヴァニアにいて、いまはミネソタ州セント・アンソニー・パークに住むJ・P・ウェ

スクォンク　ウィリアム・T・コックス『樵の森の恐ろしい動物たち』より

ントリング氏は、モント・アルトの近くでスクォンクとの苦い経験をしたことがある。彼はスクォンクの泣き声を真似て、袋のなかにおびきよせるという賢明なやり方でこれを捕えた。袋に入れたまま家へ運んでいると、急に荷が軽くなって、泣き声がやんだ。ウェントリングは袋の吊り綱をはずし、中を覗《のぞ》き込んだ。そこには涙とあぶくしかなかった。

——ウィリアム・T・コックス『樵《きこり》の森の恐ろしい動物たち
——付、砂漠と山の獣たち』

スフィンクス

エジプトの遺跡のスフィンクス（ヘロドトスはギリシアのスフィンクスと区別するため、アンドロスフィンクス、すなわち人間スフィンクスと呼ぶ）は、人間の頭をして、座っている獅子《しし》である。これは神殿や墓の番をし、また王の権力を表したものといわれる。カルナック神殿の大広間には、アモンの聖獣、牡羊の頭をしたスフィンクスもある。アッシリアの遺跡のスフィンクスは翼をもつ牡牛で、鬚《ひげ》を生やした人間の顔をして冠を戴《いただ》いている。この姿はペルシアの宝玉によく見られる。プリニウスはエチオピアの動物を列挙したなかにスフィンクスを入れているが、「褐色の毛で胸にふたつ乳房がある」という以外、詳しい特徴を述べていない。

ギリシアのスフィンクスには女の顔と乳房、鳥の翼、獅子の胴体と足がある。胴体は犬で、蛇の尾をもつという説もある。テーバイのはずれで人々に謎《なぞ》をかけ（というのも人間の声が出せたからだ）、答えられない者を取って食べ、人口を減らしたという。イオカステーの息子オイディプスに、スフィンクスはこう尋ねた。「四本足、二本足、三本足があって、足の多いほど弱いのは何か」(これが最古の形であるらしい。のちに、人間の一生を一日に変えた比喩《ひゆ》が導入された。今日、問いはこうなった。「朝は四本足、昼は二本足、夜は三本足で歩く動物は何か」)。オイディプスはそれは人間だと答えた。子供のときは両手両足で這《は》い、おとなになると二本足で歩き、年寄になると杖《つえ》にすがるからだ。謎が解けるや、スフィンクスは崖《がけ》から身を投じた。ド・クインシーは一八四九年頃、伝統的な答えを補足する第二の解釈を提出した。彼によれば謎の主旨は人間一般というより、むしろオイディプス個人である。オイディプスは孤児として頼る者もなく生れ、孤独な青年期をすごし、盲目となった絶望の晩年にはアンティゴネーに支えられる。

西洋の竜

爪《つめ》と翼をもち、背が高く、胴体の太い大蛇というのがたぶん竜にいちばん忠実な描写である。真黒であっても、つや光りしていることが不可欠である。同じく不可欠なのは、火と煙を吐き出すことだ。上の描写はむろん今日のイメージをいっている。ギリシア人は爬虫類《はちゅうるい》の巨大なものなら何にでも、竜という名を与えたようである。プリニウスによれば、夏、竜は象の血を欲しがる。象の血は非常に冷たいからだ。竜は象に突然襲いかかり、体を巻きつけ、歯を食い込ませる。血のなくなった象は地面をころがり、息絶える。竜もまた、その餌食《えじき》の重みに押し潰されて死ぬ。そしてまた、エチオピアの竜はよりよい草地を捜し求めて、定期的に紅海を渡り、アラビアへ移動するとも書いている。これを果たすために、四、五頭の竜が体を巻きつけ合い、頭を水面からもたげたまま、一種の船の形になる。プリニウスにはまた、竜からとれる薬のことを記した一章がある。それを読むと、竜の目を乾燥して、それから蜂蜜を搔《か》き混ぜると、悪夢に効果のある塗布薬ができるとある。竜の心臓の脂肪をガゼルの皮に入れ、牡鹿の筋《きん》で腕にくくりつけておくと、訴訟はかならず勝つ。竜の歯はやはり体にくくりつけておくと、主人の寵愛《ちょうあい》や国王の慈悲に恵まれる。いくぶん懐疑をこめて、プリニウスは人間を無敵にする妙薬を挙げている。それは獅子《しし》の皮、獅子の骨髄、戦車競馬の勝馬の口泡《くちあわ》、犬の爪、そして竜の尾と頭を調合したものである。『イーリアス』第十一書には、アガメムノンの楯《たて》に三つの頭をもつ群青《ぐんじょう》の竜が描かれているとある。数世紀後のノルウェーの海賊《かいぞく》たちは楯に竜を描き、細長い船の舳先《へさき》に竜の頭を彫刻した。ローマ人のあいだでは、鷲《わし》が軍団の軍旗であったように、竜は歩兵隊の軍旗だった。これが今日の竜騎兵《ドラグーン》の起こりである。イギリスのサクソン系国王の旗印には竜が描かれていた。こうした竜の姿の目的は敵の軍勢に恐怖をもたらすことだった。アティスのバラッドにこうある。

Ce souloient Romains porter,
Ce nous fait moult à redouter.
〔これはかつてローマ人の携えしもの、
われらにかくも恐怖を与う〕

西洋では、竜はつねに邪悪なものと考えられた。英雄（ヘラクレス、シーグルト、聖ミカエル、聖ジョージ）のおきまりの偉業のひとつは竜を打ち負かし、殺すことだった。ゲルマン神話では、竜は宝物の見張りをしている。七、八世紀にイギリスで書かれた『ベオウルフ』でもそうで、三百年もの間、宝を守っている竜が出てくる。とある逃走した奴隷《どれい》が竜の眠る場所に隠れ、杯《さかずき》をひとつ盗む。目を覚ますと、竜はその盗みに気付き、盗人を殺す決心をする。しかし何度か戻ってみては、その杯を置き忘れただけではないか確かめる。（この詩人がその怪物に実に人間的な心もとなさを与えているのは、きわめて興味ぶかい。）竜は王国に復讐《ふくしゅう》をし始める。ベオウルフはこれを捜し出し、これに立ち向かい、これを殺すのだが、竜の牙《きば》で受けた致命傷のために、まもなく自分も息絶える。

竜の実在は信じられていた。十六世紀中葉、科学性をもった著作であるコンラート・ゲスナーの『動物誌《いちじる》』にも竜が載っている。

時は竜の威光を著しく磨滅させてしまった。われわれは実在および象徴としての獅子を信ずる。ミノタウロスを象徴として信ずるが、もはや実在としては信じない。竜は幻想動物のなかでたぶんもっともよく知られているが、もっとも不幸なものである。われわれには幼稚なものに思われ、それが登場する物語をだめにしてしまうのがふつうである。しかしながら、おそらくおとぎ話に出てくる竜のかずかずに飽き飽きしたために、現代的な偏見でわれわれがそれを扱っていることは思い起こす価値がある。

竜　コンラート・ゲスナー『動物誌』より

黙示録で、聖ヨハネは竜のことを二度語っている。「すなわち悪魔と呼ばれ、サタンと呼ばれたる……古き蛇は……」。同じ精神で聖アウグスティヌスは、悪魔は「獅子と竜である。獅子はその狂暴さのゆえに、竜はその狡猾《こうかつ》さのゆえに」と書いている。ユングは竜のうちに爬虫類と鳥——大地の要素と大気の要素——を見ている。

＊——**ガゼル**　アフリカ、西アジア産の小型の羚羊《れいよう》。

アティスのバラッド　アティスは中世ロマンス（十二世紀後半）『アティスとプロフィリアス』中の人物。

シーグルト　アイスランド伝説の英雄。ゲルマン神話のジークフリートに当たる。

聖ミカエル　ヨハネ黙示録第十二章第七節参照。

聖ジョージ　イギリスの守護聖者。四世紀初めにパレスチナで殉教《じゅんきょう》した。のちに『黄金伝説』によって、竜退治が広く伝わった。『黄金伝説』はジェノヴァの大司教ヤコブス・デ・ウォラギネが編纂《へんさん》したといわれる。中世にもっとも流布《るふ》した聖人伝。英訳版は一四八三年。

コンラート・フォン・ゲスナー（一五一六－一五六五）　ドイツ系スイス人の博物学者。「ドイツのプリニウス」とも称された。『動物誌』は一五五一年より彼の死後一五八七年まで、全五巻として出版された。

セイレーン

時の流れゆくうちに、セイレーンのイメージは変ってしまった。『オデュッセイア』第十二書で彼女たちのことを最初に語ったホメロスは、彼女たちがどんな姿だったかは伝えていない。オウィディウスによると、彼女たちは羽毛の赤みがかった鳥で、幼い少女の顔をしている。ロードスのアポロニオスによると、上半身は女、下半身は海鳥である。スペインの劇作家ティルソ・デ・モリーナ（および紋章学）によれば、「半分女、半分魚」である。これに劣らず論議の余地があるのは、彼女たちの性質である。『古典辞典』でレンプリエアは、彼女たちを海のニンフと呼ぶ。キシュラでは怪物であり、グリマルでは悪魔である。彼女たちはキルケーの島に近い西方の島に棲《す》んでいたが、そのひとりパルテノペーの死《し》骸《がい》がカムパーニアの海岸に打ち上げられ、その名が現在ではナポリという有名な市《まち》の名となった。地理学者ストラボンは彼女の墓を訪れ、彼女を記念して定期的に行なわれる競技を見ている。

『オデュッセイア』の語るところでは、セイレーンたちは船乗りを魅惑して船を難破させるのだが、オデュッセウスはその歌声を聞いてなお生きていられるように、漕《こ》ぎ手たちの耳に蠟《ろう》を詰め、自分の体をマストに縛りつけさせた。セイレーンたちは彼を誘惑し、この世の一切の知識を約束する。

なぜならいままで誰ひとりとして、黒い船に乗ってこの島を通りながら、わたしたちの口から出る甘美な声を聞かずにすんだ者はいない。そう、それを楽しんで、それから前より賢くなって帰っていった。なぜならわたしたちは、広いトロイでアルゴス人とトロイア人が神々の意志によって耐えてきたあらゆる苦労を知っているから。そしてわたしたちは、実り多い地上に起こることをすべて知っている。

神話学者アポロドロスが『ビブリオテーケー』に記している伝説によると、アルゴー船に乗っていたオルフェウスはセイレーンたちよりも甘美な歌声を聞かせ、このため彼女たちは海に身を投じて岩に変えられた。魔力の利かなくなったときには死ぬ運命にあったのだ。スフィンクスもまた、謎《なぞ》が解かれたとき断崖《だんがい》から身を投げた。

六世紀に、ひとりのセイレーンが捕えられて北ウェールズで洗礼を受けた。そして古い暦《こよみ》にはムルゲンという名で聖女として載っている。もうひとりは一四〇三年に堤防の割れ目にすべり落ちて、死ぬまでハーレムで暮らした。誰も彼女の話す言葉を理解できなかったが、彼女は機《はた》を織ることを教えられ、まるで本能的に十字架に祈った。十六世紀のある年代記作者は彼女が機の織り方を知っているゆえに魚ではないとし、また水中で生きられるがゆえに人間ではないと主張した。

英語では古典的なセイレーンと、魚の尾があるマーメイドとを区別する。後者のイメージは、ポセイドーンの宮廷の群小神だったトリートーンにたぶん影響されてつくられた。

プラトンの『共和国』第十巻では、八人のセイレーンが中心を同じくする八つの天界の運行を支配する。

セイレーン＝想像上の海の動物。実に味気ない辞書の定義である。

＊――ロードスのアポロニオス　前二九五年頃に生れたギリシアの詩人、学者。アレクサンドリア大図書館の館長をつとめ、前二四七年頃ロードス島に引退して余生を送ったのでこう呼ばれる。金毛の羊を求めてアルゴー船に乗って海を旅する英雄イアーソンの物語を扱った四巻の叙事詩、『アルゴナウティカ』がある。

ティルソ・デ・モリーナ（一五八四頃－一六四八）　本名ガブリエル・テリェス。四百篇に余る劇作があるといわれるが、そのうち九十篇ほどが残存する。悲劇『セビーリャの色事師』のなかでドン・ファン型の人物を初めて創造したことで名高い。

ジョン・レンプリエア（一七六五頃－一八二四）　イギリスの古典学者。『ビブリオテカ・

クラシカ（古典辞典）』（一七八八）、『偉人伝』（一八〇八、一二）がある。

ジュール・キシュラ（一八一四－一八八二）　フランスの歴史学者、考古学者。十九世紀における中世の研究に重要な貢献をなした。ジャンヌ・ダルクに関する著述がとくに有名。死後出版された『考古学・歴史学論叢』二巻は彼の広範な学識を示している。

ピエール・グリマル（一九一二－一九九六）　フランスの古典学者。『ギリシア・ローマ神話辞典』（一九五二）、『ホラティウス』（一九五八）などがある。

ストラボン（前六四頃－後二一頃）　ギリシアの地理学者、歴史家。『地理学』十七巻が大部分現存する。

アポロドロス　紀元前一四〇年頃のアテナイのギリシア学者。『年代記』、『神々について』など。

一六九四年、ロンドンでジェイン・リード夫人が知り、目撃し、出会ったことの実験的報告

イギリスの盲目の神秘家ジェイン・リード（Lead とも Leade とも綴る）の数多い著作のひとつに、『八世界の多様性のうちに顕現したる神の創造の不可思議――著者に実験的に知られたもの』（一六九五年、ロンドン）がある。この頃、リード夫人の名声はオランダやドイツに広まっていて、その著書が熱意ある若き学者H・ヴァン・アメイデン・ヴァン・ドゥイムによってオランダ語に訳された。しかしのちに彼女の弟子たちの嫉妬《しっと》から、草稿の一部の信憑性《しんぴょう》が論議され、ヴァン・ドゥイムの版がふたたび英語に訳し直されねばならなくなった。『八世界』の三四〇ページ（十、B）にはこう書かれている。

サラマンドラは神によって命じられた住処《すみか》が火中にある。シルフは空気中に、ニ

ンフは流れる水に、ノームは地中の穴にある。しかし実体が「至福」である創造物はどこにいても安閑としている。すべての響き、獅子《しし》の唸り声、夜の梟《ふくろう》の金切り声、地獄に落ち込んだ者たちの嘆き声や呻《うめ》き声にいたるまでが、それにとっては音楽のように麗《うるわ》しい。すべての臭い、腐敗によるどんなにひどい悪臭さえも、薔薇《ばら》や百合の芳《かぐわ》しさのようなものだ。あらゆる風味、異教徒伝説のハルピュイアの宴《うたげ》の食卓にいたるまでが、甘美なパンと香りよい酒のようなものだ。世界の荒廃の地を真昼にさまよっていても、群がる天使の天蓋《てんがい》に覆われて気持を新たにさせられるかのようだ。もっとも真摯《しんし》な探索者は、いかに暗くむさくるしくとも、この世や七つのあの世のいたるところに、この創造物を捜し求める。この創造物に鋭い剣《つるぎ》の刃を突き刺すなら、それは神聖で清澄な喜びの泉のごとくなるだろう。これらの目は、この創造物のゆく道が見えるように、昇天によって与えられたものだ。知恵によって啓示される同じような天恵が、ときには子供に授けられる。

タロス

幻想動物学のもっとも驚嘆すべき種に、金属や石でできた生き物がある。たとえば、青銅の足と角があって口から火を吐き、メーデイアの魔法の助けを借りたイアーソンによって軛《くびき》につながれた、怒れる牡牛たちがいる。コンディヤックの心理学的立像は、感覚を有する大理石でできている。『千夜一夜物語』の小舟の男は、「真鍮《しんちゅう》の男で、魔よけと護符の刻まれた鉛板を胸に」つけており、第三の托鉢僧《カランダル》を磁石山から救い出す。「穏やかな銀の娘たち、あるいは狂える黄金の娘たち」というのもあって、これはウイリアム・ブレイクの神話の女神が、愛人を喜ばせるために絹の網で捕える。そしてまた、アレースを介抱した金属の鳥たちがいる。

このリストに、荷車用の動物、足の速い野猪《やちょ》グリンブルスティを加えてよいだろう。この名は「黄金の剛毛をもつもの」の意である。神話学者パウル・ヘルマンはこう書いている。「金属でできたこの生き物は、技巧《わざたく》みな小人たちの鍛冶場《かじば》で生れた。小人たちは豚の皮を火中に投じ、陸海空を往く力をそなえた黄金の猪《いのしし》をつくりだした。どんなに暗い夜でも、この猪の道を照らす明かりはつねに充分ある。」グリンブルスティは、北欧の愛と結婚と豊饒の女神フレイヤの戦軍を牽《ひ》いた。
それからクレータ島の番をするタロスがいる。この巨人をウゥルカーヌスの、あるいはダイダロスの作とする説もある。ロードスのアポロニオスは『アルゴナウティカ』のなかでこう語る（四巻一六三八－四八）。

そしてディクテーの憩いの場の停泊地へ彼らがやってくると、青銅の男タロスは堅い崖《がけ》から岩をもぎ取り、彼らが太綱を岸辺にゆわえつけるのを妨げた。彼は青銅族のひとり、梣《とねりこ》から生じた者たちのひとり、神々の息子たちの残された最後のひとりだった。クロノスの息子はクレータ島の番人として彼をエウローペーに与え、青銅の足で一日三度島を見てまわることを命じた。いまや彼は胴体も手足もすべて青銅でできており、不死身だった。しかし踵《かかと》の筋の下には真赤な血管が走っていた。そしてこれが生死の源泉とともに、薄い膜でおおわれていた。

むろんこの傷つきやすい踵のために、タロスは最期を遂げる。メーデイアが敵意をこめた眼差しで彼を魔法にかけ、そしてこの巨人は崖から大石をふたたび持ち上げたとき、「尖《とが》った岩で踵をすりむいた。すると溶けた鉛のように霊液がほとばしり、張り出した崖の上に塔のごとく立つ彼の姿はまもなく崩れ去った」。

この神話の別の形では、タロスは灼熱《しゃくねつ》に身を燃やし、両腕に人間を抱きかかえてこれを殺した。青銅の巨人は今度は、魔女メーデイアに導かれたディオスクーロイ、すなわちカストールとポルクスの手にかかって死ぬ。

＊――**アレース**　ギリシアの軍神で、ゼウスとヘーラーの子。

ウゥルカーヌス　ローマの火の神。ギリシアのヘーパイストスと同一視される。

ディクテー　クレータ島の女神。ゼウスとカルメーの娘のニンフ。ブリトマルティス（クレータ語で《甘美な乙女》の意）ともいう。

クロノスの息子　ゼウスのこと。

エウローペー　テュロスの王の娘。彼女に恋したゼウスは白い牡牛の姿となって海辺で戯れる彼女に近付き、その背に乗せて海を渡ってクレータ島に連れてきた。

チェシャ猫とキルケニー猫

「チェシャ猫のようなにやにや笑い」という言い回しは誰にもお馴染《なじ》みだが、これはもちろん嘲笑的な顔付をするという意味である。この由来については数多くの説明がなされてきた。ひとつは、チェシャ州で歯をむき出している猫の顔をしたチーズが売られていたということ。もうひとつは、チェシャ州がパラタイン領、つまり伯爵領であり、高貴な生れだというこの徴《しるし》にその地の猫たちがはしゃぎまわったということ。いまひとつは、リチャード三世の時代にキャッタリングCaterlingという名の猟区管理官がいて、この男が密猟者たちと剣を交えるとき、きまって怒りの笑みを浮かべる癖があったということ。

一八六五年に出版された『不思議の国のアリス』のなかで、ルイス・キャロルは、ゆっくりと姿を消して、歯も口もなくなり、ただにやにや笑いだけを後に残していくという能力をチェシャ猫に与えた。キルケニー猫のほうは、激しい喧嘩を始めると、双方しっぽだけになるまで貪《むさぼ》り食いあったということだ。この話は十八世紀にさかのぼる。

＊——パラタイン領　王権の一部を領内で行使することを許されていた領主をパラタイン伯といった。パラタイン領はパラタイン伯の治める領地をいう。

キルケニー猫　『ブルーワー辞典』につぎのようなエピソードが添えられている。「一七九八年のアイルランド暴動の期間、キルケニーにはヘッセ兵の一団が駐屯していたが、彼らは二匹の猫を尻尾でつなぎ、物干綱越しにそれを放り投げて喧嘩させるいたずらに興じていた。この『スポーツ』をやめさせようと、とある将校がやってきたとき、騎兵のひとりが剣で二本の尻尾を切ったので、二匹の猫は逃げだしていった。血の滲み出ている二本の尻尾の説明を求めると、二匹の猫が喧嘩して尻尾だけになるまですっかり貪り食いあったという答えが返ってきた」

中国の一角獣

中国の一角獣《麒麟《きりん》》は四種の瑞獣《ずいじゅう》のひとつである。ほかに竜、鳳凰《ほうおう》、亀がいる。この一角獣は地上に住むすべての四足獣《しそくじゅう》のなかで、第一の位にある。これは鹿の体をして、牛の尾と馬の蹄《ひづめ》をもつ。額に突き出ている短い角は肉でできている。皮は背では五色の色が混じり合い、腹は褐色か黄色である。きわめて穏やかな性格のために、歩くときはどんな小さな生き物をも踏みつけないように注意するし、また生きている草を食べず、枯れた草しか食べない。この出現は聖王の誕生を予言する。この中国の一角獣を傷つけたり、その死骸《しがい》に出くわすのは不吉である。この動物のふつうの寿命は一千年である。

孔子の母が彼を身籠《みご》もったとき、五つの遊星の精が彼女のもとへ「牝牛の形をして、竜の鱗《うろこ》をもち、額に一本の角を生やした」動物を連れてきた。このようにスーティルはお告げの模様を記している。ヴィルヘルムの語る別の言い伝えでは、この動物はみずから姿を現し、つぎのような語句の書かれた翡翠《ひすい》の板を吐き出した。

山の水晶〔あるいは水の精《エキス》〕の息子よ、王朝が滅ぶとき、なんじは王座なき王として治めるべし。

七十年後、とある狩人たちが一頭の麒麟を殺したところ、その角には孔子の母が結びつけておいた飾り紐《ひも》がまだついていた。孔子はその一角獣を見に赴き、そして涙を流した。なぜならこの無垢《むく》の神秘な獣の死が何を予言するかを感じとったし、その飾り紐には彼の過去があったからだ。

十三世紀に、インド侵入を図っていた成吉思汗《ジンギスカン》皇帝の斥候《せっこう》遠征隊が砂漠の中で、「馬のような頭で、額に角が一本あって、体に緑色の毛が生えている鹿に似た」動物に出会った。この動物は彼らに話しかけて、「おまえたちの主人が国に帰るべき時がきた」といった。成吉思汗の中国人の大臣のひとりが相談を受け、その動物は麒麟の一種で《角端《かくたん》》というものだと彼に説明した。「四百年の間、大勢の軍隊が西方の地で戦ってきた」と彼はいった。「流血を忌み嫌《い》う天は、角端を通して警告を与えているのです。後生ですから、帝国をお救いください。中庸こそ際限なき喜びを与えるのです」。皇帝は戦いの計画を思いとどまった。

紀元前二十二世紀に、舜《しゅん》皇帝の裁判官のひとりは、不当な告訴を受けた者には襲いかからないが、罪ある者には突きかかる「一角の山羊《やぎ》」をもっていた。マルグリエの『中国文学選集』(一九四八)に、九世紀のとある散文作家の作品で、つぎのような神秘的で物柔らかな寓話が収められている。

一角獣が超自然的な生き物で、縁起のよいものだということはあまねく信じられている。頌歌《しょうか》、年代記、偉人の伝記、非難すべからざる典拠をもつその他のテクストが、そういっている。片田舎の女子供でさえ、一角獣が幸先よい徴《しるし》だと知っている。だがこの動物は家畜として登場しないし、姿を見るのはかならずしも容易ではなく、動物学の分類に適《かな》うこともない。こういう次第で、われわれは一角獣に面と向かっても、そのことがしかとわからない。われわれにわかるのは、鬣《たてがみ》のある動物が馬であり、角のある動物が牛だということだ。一角獣がどんな恰好《かっこう》なのかはわからない。

*——W・E・スーティル(一八六一-一九三五)『中国の三大宗教』(一九二三)などがある。リヒャルト・ヴィルヘルム『易経』(ロンドン、一九五〇)、ユングと共著で『黄金の花の謎』(ロンドン、一九三二)がある。

中国の狐

日常の動物学では中国の狐はほかの狐とほとんど違っていないが、幻想動物学ではそうではない。統計によれば、寿命は八百年から一千年である。この動物は不吉なものと見なされており、体の組織のひとつひとつが何か特別の力を発揮する。火を起こすには尾で地面を打つだけでよい。未来を見通すことができる。老人、若い女、学者といったふうに、思うがままに数多くの姿に化けることができる。ずる賢く、抜け目なく、用心ぶかい。楽しみは悪だくみをすることと、人を苦しめることだ。人間が死ぬと、狐の体に転生することもある。狐の棲《す》むのは墓の近くである。これにまつわる物語や伝説はおびただしい。そのひとつをここに引いてみる。九世紀の詩人、牛嶠《ぎゅうきょう》の手になる物語で、滑稽《こっけい》味がないわけでもない。

王《ワン》は二匹の狐が後足で立って、木に寄りかかっているのを見た。その一匹が一枚の紙を手にしており、二匹で冗談をいいあっているように笑っていた。王はこれを嚇《おど》して追い払おうとしたが、動かないので、ついに紙をもっているほうの一匹めがけて矢を射る。狐は片目を射られ、王はその紙片を奪う。旅籠《はたご》で王はほかの客たちにその話をする。話していると、眼帯をした紳士が入ってきた。男は王の話を興味ぶかげに聞いていて、その紙を見せてくれないかといった。王がそれを取り出そうとしたとき、旅籠の主人はその新来者に尾のあることに気付く。「やつは狐だ！」と主人が叫ぶと、すぐさま男は狐に戻って、逃げ出した。判読できない文字がびっしり埋まっているその紙を、狐たちは何度も取り返そうとしたが、そのつど失敗する。やがて王は故郷へ帰ることにした。途中で彼は家族全員に出会った。彼らは都へ向かう途中だった。彼自身がこの旅を命じたというのだ。そして母親は、彼が家財を売り払って、都で落ち合うようにいったという手紙を見せた。王が手紙を検《あらた》めると、それは白紙だった。もはや住む家もないのだが、彼は「さあ、帰ろう」といった。

ある日、皆が死んだものとあきらめていた弟が現れた。彼は一家の災難のことを尋ね、王は一部始終をきかせた。「なるほど」王が狐たちのことにふれると、弟がいった。「それが禍《わざわ》いのもとだ。」王は問題の紙を弟に見せた。王の手からそれをひったくると、弟はそれをポケットに押し込め、こういった。「ついに望みのものを取り返したわい」。それから狐に姿を変え、うまうまと逃げていった。

＊——牛嶠　前蜀、隴西《ろうせい》の人。

中国の動物誌

つぎに列挙する奇妙な動物たちは、『太平広記』（「平和と繁栄の時期になされた広範なる記録」）からのものである。この書は九七八年に完成され、九八一年に刊行された。

天馬は黒い頭をもつ白い犬に似ている。肉付きのよい翼を有し、空を飛ぶ。

彊良《きょうりょう》は虎の頭、人間の顔、長い手足、四つの蹄《ひづめ》をもち、口に蛇をくわえている。

赤水《せきすい》西方の地には蚰蜒《ちゅってき》と呼ばれる獣が棲《す》む。これは前後に頭がある。

讙頭《かんとう》国に棲む者たちは人間の頭、蝙蝠《こうもり》の翼、鳥の嘴《くちばし》をもつ。もっぱら生《なま》の魚を食べる。

長臂国《ちょうひ》に棲む者たちの腕は、垂らして地面に届く。彼らは海辺で魚を捕えて生活する。

鴞《きょう》は梟《ふくろう》に似ているが、人間の顔、猿の体、犬の尾をもつ。これが姿を現すのは長い旱魃《かんばつ》の訪れの前ぶれである。

猩猩《しょうじょう》は猿に似ている。白い顔をして、耳がとがっている。人間のように直立して歩き、木に登る。

刑天《けいてん》は神々と戦ったために首を切られた生き物で、以来ずっと頭のないままである。両目は胸にあり、臍《へそ》が口である。ぴょんぴょん跳ねて、開拓地や開墾地を飛びまわり、楯《たて》と斧《おの》をふりまわす。

鯛魚《かつぎょ》、すなわち空を飛ぶ蛇魚は、魚のように見えるが、鳥の翼をもつ。これが姿を現すのは旱魃の前ぶれである。

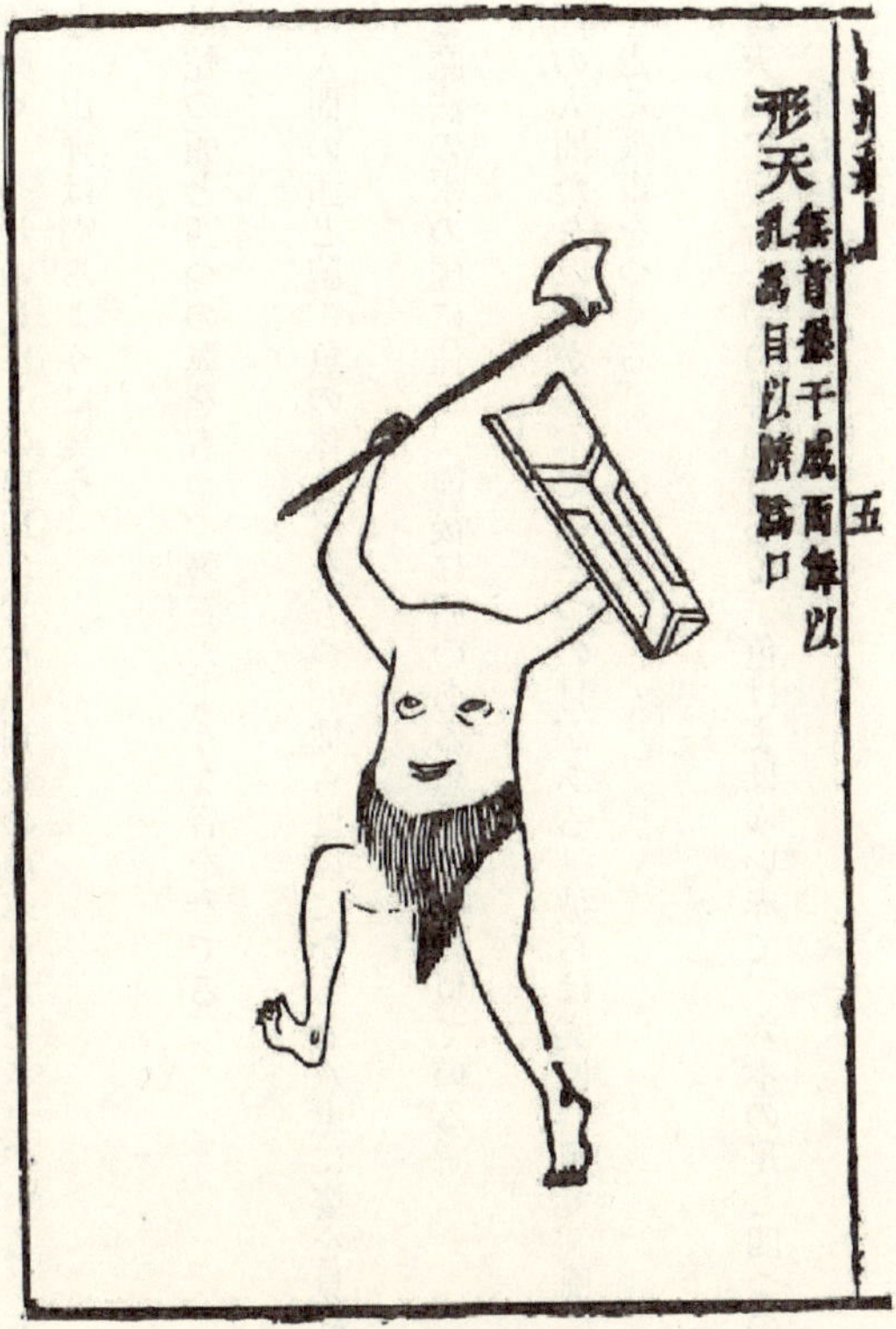

刑天　『山海経』より

山犭軍《さんき》は人間の頭をもつ犬に似ている。みごとな跳躍をすることができ、矢のように速く動く。それゆえにこの出現は、台風到来の前ぶれだとされている。人間を見ると、山犭軍は嘲《あざけ》るように笑う。

鳴蛇《めいだ》は蛇の頭と四つの翼をもつ。磬石《けいせき》のような音を奏でる。

海人は人間の頭と腕、魚の体と尾をもつ。彼らは嵐になると水上に姿を見せる。

幷封《へいほう》は魔法の水の国に住み、前後に頭のある黒毛の豚に似ている。

奇肱《きこう》国の人間たちは腕が一本で、三つの目がある。彼らは実に器用で、風に乗って空を走る飛車をつくる。

帝江《ていこう》は天山に棲む一羽の神鳥である。色はまばゆい赤で、六本の足と四つの翼をもつが、顔も目もない。

中国のフェニクス

われわれが聖書でなじんできた悲愴的な要素に欠けるゆえに、中国の聖典は物足らないかもしれない。けれども時折、穏やかな気質の対話のなかに突如何か親しみあるものが現れて、心を動かされることがある。たとえば、孔子の『論語』第七篇にこういうのがある（ウェイリーの翻訳による）。

師はいわれた、わたしもひどく零落《おちぶ》れたものだ。周公に会う夢を見なくなってから、実に久しくなっている。

あるいは第九篇にこうある。

師はいわれた、不死鳥《フェニクス》はやってこない、川から図版も出てこない。わたしはもう終りだ。

図版、つまり（注釈者の説明によれば）瑞兆《ずいちょう》は、不思議な亀の背に書かれているものを指す。不死鳥とは輝く色模様の鳥で、雉《きじ》と孔雀《くじゃく》をいっしょにしたようなものである。先史時代、これは天恵の明らかな徴《しるし》として、徳の高い皇帝の庭園や宮廷を訪れた。牡（鳳《ほう》）は三本足で、太陽に棲《す》んでいた。牝は凰《おう》である。双方いっしょで、永久の愛の象徴となる。

一世紀に、大胆な不信仰者王充《おうじゅう》は、不死鳥が確たる種《しゅ》を形成することを否定した。蛇が魚に、鼠《ねずみ》が亀に変るのと同じように、繁栄の広がる時代に牡鹿が一角獣の姿に、鵞鳥《がちょう》が不死鳥の姿になる、と彼は述べている。彼はこうした変身を「有名な水」によって説明した。その水とは紀元前約二三五六年に、模範的な皇帝のひとり堯《ぎょう》の庭園で深紅の草を生えさせたものだという。察しられるように、彼の知識は欠陥があった、というかむしろ法外のものだった。

黄泉《よみ》の国には、不死鳥の塔として知られる架空の建物がある。

＊――『論語』第七篇　巻第四述而《じゅつじ》第七の五に、「子曰、甚矣、吾衰也、久矣、吾不復夢見周公也」とある。

『論語』第九篇　巻第五子罕《しかん》第九の九に、「子曰、鳳鳥不至、河不出圖、吾已矣夫」とある。

王充（二七－一〇〇頃）　後漢初めの思想家。実証的な思索態度を基に、徹底した批判主義の立場をとり、儒学に対しても批判を加えた。『論衡《ろんこう》』百余篇があり、八十五篇が現存する。言及されている、「有名な水」とは「醴泉《れいせん》」として『論衡』にでているものと思われる。たとえば巻十七に、「夫鳳凰麒麟之至也、猶醴泉之出、朱草之生也」とある。

中国の竜

中国の天地創造によれば、ふたつの相補い合う永遠の原理《陰》と《陽》の律動的結合から一万の存在、すなわち原型（世界）が生れた。陰に照応するものとしては、集中、闇、偶数、寒さがあり、陽に照応するものとしては、成長、光、能動、奇数、熱がある。陰の象徴には、女、大地、朱色、谷、川床、虎がある。陽のそれには、男、空、青、山、柱、竜がある。

中国の竜《lung》は四霊獣のひとつである。（ほかには一角獣、鳳凰《ほうおう》、亀がある。）西洋の竜はせいぜい恐怖をもたらすだけで、最悪の場合にはおかしな姿になる。ところが中国神話の竜は神々しく、獅子《しし》でもある天使のごときものである。司馬遷の『史記』に記されているところによると、孔子は守蔵室吏つまり図書館吏の老子のもとへ教えを求めに赴き、その訪問の後でこう語った。

鳥は飛び、魚は泳ぎ、獣は走る。走る獣は罠で、泳ぐ魚は網で、飛ぶ鳥は矢で捕えることができる。しかし竜がいる。竜がどのようにして風に乗るのか、どのようにして天に到達するのか、わたしは知らない。今日わたしは老人に会った。わたしは竜に会ったということができる。

陽と陰が相互に演ずる業《わざ》を象徴する有名な円形の図を皇帝に見せたのは、黄河から姿を現した竜、または竜馬だった。ある皇帝は廏《うまや》に鞍《くら》をつけた竜と荷車用の竜を飼っていた。ある皇帝は竜を常食とし、その王国は栄えた。ある著名な詩人は、傑出していることの危険の喩《たと》えとして、こう書いた。「一角獣は冷菜として果てる、竜は肉饅《まん》頭《じゅう》として果てる」。『易経《えききょう》』すなわち『転変の書』において、竜は知恵を表す。数世紀にわたって、それは皇室の象徴であった。皇帝の座は竜座と呼ばれ、顔は竜顔といわれた。皇帝の死を布告する際、皇帝は竜の背に乗って天へ昇ってしまわれたというふうにいった。

人々の想像は竜を雲に、農民の必要とする雨に、そして大きな川にむすびつける。「地が竜と交わる」というのは雨を意味する常套句《じょうとうく》である。六世紀頃、張僧繇《ちょうそうよう》が四匹の竜を描いた壁画を完成した。これを見た者たちは、彼が竜の目を描き落としていると不平をいった。困った張僧繇はふたたび絵筆をとり、身をくねらせた竜のうち二匹に目を入れた。すると、「大気に雷鳴が轟《とどろ》き、稲妻が走り、壁は裂け、二匹の竜は天へ昇っていった。しかし目のない竜はそのままだった」。

中国の竜には角と爪《つめ》と鱗《うろこ》があり、背骨にはとげが突き立っている。ふつう真珠がいっしょに描かれていて、それを呑み込むか、吐き出すかしている。この真珠に、その力が秘められている。これを取り去ると、竜は人に馴れる。

荘子は、とある意志の固い男がむくわれることのない三年の歳月を送ったすえに竜を殺す技を会得し、そして残りの生涯でただの一度もその技を実行する機会に恵まれなかったという物語を語っている。

＊——張僧繇 六世紀初頭、南北朝梁《りょう》の武帝に仕えた宮廷画家で、顧愷子《こがいし》、陸探微《りくたんび》とともに六朝の三大家と称せられた。作品は現存しないが、インドから伝来したいわゆるレリーフ画法を用い、それが唐朝絵画を形成する有力な根底となったとされている。

チリの動物誌

チリ人の想像力によって培《つちか》われた動物たちについての最高権威はフリオ・ビクーニャ・シフエンテスで、その著『神話と迷信』には口承伝説から集めた数多くの言い伝えが収められている。以下の抜粋は、ひとつだけを除き、すべてこの著書からとった。カルチョナは、一八七五年チリのサンティアゴで出版されたソロバベル・ロドリゲスの『チリ語辞典』に載っている。

アリカントは金銀の鉱脈に餌を捜す夜行性の鳥である。金を常食とする種は翼を広げて走るとき（これは飛ぶことができない）、翼から黄金の光が輝くのでそれだとわかる。銀を食べるアリカントは、当然、銀の光で見分けがつく。

この鳥が飛ぶことのできないのは翼のためではない。翼は完全に正常である。そうではなくて、重い金属を常食とするために嗉嚢《そのう》が重みで下がっているからだ。空腹だと、この鳥は迅速《じんそく》に走る。満腹だと、這《は》うのもやっとのことである。

探鉱者や鉱山技師は、運よくアリカントに案内させることができれば一財産つくれると信じている。この鳥についていくと、秘密の鉱石が見つかるかもしれないからだ。しかしながら、探鉱者は充分慎重になる必要がある。跡をつけられているのに気付くと、この鳥は光を弱め、暗闇のなかにすっと姿を消す。急に行く先を変え、追ってくる者たちを岩の裂け目に誘うこともある。

カルチョナは一種のニューファウンドランド犬で、毛を刈っていない牡羊よりもっと毛が多く、牡山羊《やぎ》よりもっと鬚《ひげ》が濃い。色は白く、闇夜には山道を旅する人の前に現れ、食べ物を入れた籠《かご》をひったくり、陰気なつぶやき声で人を脅す。馬をおびえさせ、無法者を追い詰めて捕えることもあり、その他ありとあらゆる悪事をはたらく。

チョンチョンは頭が人間の形をしている。耳はきわめて大きく、月のない夜に空を飛ぶ翼の役目をする。チョンチョンたちは妖術師の力をすべてそなえているといわれる。いじめると危険になる。また、これについては数多くの話が伝わる。チュエ、チュエ、チュエと不吉な声を発しながら頭上を飛んでいくこの動物を地に落すには、いくつか方法がある。妖術師にしか姿を見せないので、その声が彼らの存在を示す唯一の徴《しるし》だ。つぎのようにするのが賢明だとされている。ごく少数の人だけが知っていて、かたくなにその秘密を守っている祈りの文句を唱《とな》えるか歌うかする。一定の十二語を二度繰り返して詠唱する。地面にソロモンの印（六角線星形）を描く。最後に、チョッキを広げて、ある特別な広げ方で置いておく。チョンチョンは落下し、激しく羽ばたきするが、別のチョンチョンが助けにやってくるまでは、どんなにもがこうと飛び立つことができない。ふつう、事はこれでおさまらない。というのは遅かれ早かれ、チョンチョンはこれを嘲《あざけ》った者に報復をはたらくからだ。

信頼しうる目撃者によれば、つぎのような話がある。ある晩、リマチェの一軒の家に客が集まっていると、不意に外でチョンチョンの混乱した鳴き声が聞こえた。誰かがソロモンの印を描くと、重いものが裏庭に落ちてきた。それは七面鳥ほどもある大きな鳥で、赤い肉髯《にくぜん》のある頭をしていた。彼らはその首を切って犬に与え、体は屋根の上へ放り投げた。すぐさまチョンチョンたちの耳をも聾《ろう》する響きが聞こえ、同時にその犬の腹は、まるで人間の頭を呑み込んだかのように脹《ふく》れあがっていた。翌朝、チョンチョンの死骸《しがい》を捜してみたが、見つからなかった。屋根から消え失せていたのだ。やや後に、この町の墓掘りがこういう話をした。あの同じ日に見知らぬ人たちが何人か死体を埋めにやってきたが、彼らが帰ってから、その死体に頭がないことに気付いたというのである。ハイドは海に住む蛸《たこ》で、牛皮《カウハイド》を平たく引き延ばした大きさと姿をしている。その縁《へり》には無数の目がついていて、頭のように見える部分にはもっと大きな目がさらに四つある。人間や動物が海に入ると、ハイドは水面に姿を現し、抗いえない力で海中に呑み込み、ほんの束《つか》の間のうちに食い尽くしてしまう。

ワリェペンは獰猛《どうもう》で、強く、また臆病な両棲類である。身の丈は三フィート以下で、子牛の頭と羊の体をしている。羊や牝牛にいきなり乗りかかって、子種を与える。生れる子供は母親と同じ種類だが、蹄《ひづめ》がねじれていたり、ときには鼻面がまがっていることもある。妊婦がワリェペンの姿を見たり、鳴き声を聞いたり、三晩つづけてこの夢を見たりすると、奇形児を生む。ワリェペンの産んだ動物を見ても、同じことになる。

強蛙《つよがえる》という架空の動物は、背が海亀の甲羅のようなもので覆われている点でほかの蛙と異なる。この蟾蜍《ひきがえる》は暗闇で蛍のように光を発し、また実に頑丈なので殺すには燃やして灰にしてしまうしかない。名称は睨《にら》みつける力の強いことからきている。力のおよぶところにいるものは何でも誘《おび》き寄せもし、撃退もする。

月の兎

月の斑点《はんてん》は人間の形になると、イギリス人は思っている。『真夏の夜の夢』には「月の人間」への言及が二、三ある。シェイクスピアは月の茨《いばら》の束や茂みのこともいっている。「地獄篇」第二十曲の終りのほうの行《ライン》で、すでにダンテがカインと茨のことを語っている。トマソ・カシーニの注釈に記されているトスカーナ地方の伝説によると、神はカインを月へ追放し、茨の束を時の終りまで背負う罪を与えた。月に聖家族を見る者もあって、レオポルド・ルゴーネスは『感傷の暦《こよみ》』でこう書いている。

Y está todo : la Virgen con el niño ; al flanco,
San José (algunos tienen la buena fortuna
De ver su vara) ; y el buen burrito blanco
Trota que trota los campos de la luna.

〔そしてすべてがある。聖母マリアと御子、聖母のかたわらに聖ヨセフ（幸いにも彼の杖《つえ》を見る者もある）。そして月の田畑をとことこと駈《か》ける善良な驢馬《ろば》。〕

中国人は月の兎の話を伝える。前世で、釈迦《しゃか》が飢えに苦しんだことがある。彼の食料になろうと、一匹の野兎が火中に飛び込んだ。釈迦は感謝してその兎の霊を月に送った。そこのアカシアの木の下で、兎は魔法の臼《うす》で不老不死の霊薬となる草を搗《つ》いている。一部の地域の民衆はこの兎を「医者」「宝の兎」「翡翠《ひすい》の兎」と呼んでいる。ふつうの野兎は一千年生きて、年を取ると白くなると信じられている。

ところでシェイクスピアは『嵐』（第二幕二場）で死んだ月の子牛のことをいっている。この獣は、注釈者たちによれば月の影響のもとに地上で生れた奇怪な怪物である。

天鶏

中国人によれば、天鶏は黄金の羽毛の生えた鳥で、一日に三度鳴く。最初は太陽が水平線で朝の沐浴《もくよく》をするとき、二度目は太陽がいちばん高く昇ったとき、最後は太陽が西に沈むときである。この雄鶏の末裔《まつえい》に、宇宙の男性原理、陽がある。天鶏は足が三本で、扶桑《ふそう》の木にとまっている。この木は日の出の地に生え、高さは数千フィートある。天鶏の鳴き声は非常に大きく、その振舞《ふるまい》は堂々としている。これが産む卵から鶏冠《とさか》の真赤な雛《ひな》が孵《かえ》り、毎朝天鶏の鳴き声に応える。地上の雄鶏はすべて天鶏の子孫である。別名を暁鶏《ぎょうけい》という。

天祿獣《てんろくじゅう》

天祿獣《てんろくじゅう》の姿については完全に何ひとつ知られていないが（それをよく見た者がひとりとしていないからだろう）、しかしこの悲劇的な動物たちが鉱山の地下に住み、ひたすら日の光に達することを願っていることは知られている。彼らは話す能力があって、坑夫たちに地上へ出る手助けをしてほしいと哀願する。最初、ある天祿獣が銀と金の隠れた鉱脈を教えると約束して、坑夫たちを誘惑しようとする。この第一手がうまくゆかず、獣は手に負えないものとなり、そこで坑夫たちはこれを鎮《しず》め、坑道のひとつに閉じ込めなくてはならない。天祿獣の数のほうが多いと、坑夫たちは苦しめられて死んでしまったことがあるともいわれている。

伝説によれば、天祿獣が大気のなかへ出てくると、死と疫病《えきびょう》のもととなる悪臭を放つ液体に変ってしまう。

この話は中国のもので、ウィラビー＝ミードがその著『中国の妖怪と鬼』に記している。

饕餮《とうてつ》

詩人や神話はこれを無視してきたようだ。しかし誰しも柱頭の隅やフリーズの中央に饕餮《とうてつ》を自分自身で発見し、多少の不安を感じたことがあるはずだ。三頭三身のゲーリュオーンの牛の群れの番をしていた犬は頭がふたつ、体はひとつだったが、幸いなことにヘラクレスに殺された。饕餮はこれを逆にしたもので、それよりずっと恐ろしい。巨大な頭が右側の体に、そして左側のもうひとつの体にくっついている。前足二本は両方の体の用をなすので、六本足がふつうである。顔は竜だったり、虎だったり、人間だったりする。美術史家はそれを「人食い鬼の仮面」と呼ぶ。これは形のととのった怪獣で、対称《シンメトリー》の悪魔が彫刻家や焼物師や陶器師に霊感を与えたのである。紀元前十四世紀頃、殷《いん》王朝の時代に、それはすでに儀式用の青銅器の文様となっていた。

饕餮とは「大食らい」の意味で、肉欲と貪欲という悪徳の化身である。中国人は放《ほう》恣《し》をいましめるために、皿にその絵を描く。

＊――フリーズ　柱頭の上の部分（日本建築の頭長押《なげし》に当たる部分）をエンタブラチュアといい、その中央の装飾を施されることの多い部分をフリーズという。
ゲーリュオーン　エリュテイアの島に棲《す》み、多数の牛を所有していた三頭三身の怪物。この番犬はオルトロスという。言及されている話はヘラクレスの十二功業のうち、十番目のもの。

東洋の竜

竜はさまざまな姿になる能力があるが、そうした姿は謎《なぞ》につつまれている。一般に想像されている姿は、馬のような頭と蛇の尾をもち、翼が（あるとすれば）両側に生え、鉤形《かぎがた》の爪《つめ》をそれぞれ四本ずつもつ四本の足がある。ほかの動物との類似が九つあるともいわれる。すなわち角は牡鹿、頭は駱駝《らくだ》、目は悪魔、首は蛇、腹は蛤《はまぐり》、鱗《うろこ》は魚、爪は鷲《わし》、足跡は虎、耳は牡牛にそれぞれ似ている。耳がなくて、角が耳の役目をする種類の竜もいる。竜は真珠といっしょに描くのが習慣となっている。真珠は竜の首にかかっていて、太陽の象徴である。この真珠のなかに、竜の力が存在する。真珠を盗みとってしまえば、この獣は無力となる。

歴史によれば、最古の皇帝たちは竜であった。竜の歯や骨や唾液《だえき》はどれも薬効がある。竜は思いどおりに、姿を見せたり見えなくしたりすることができる。春になると天空に昇り、秋には海中ふかく潜ってしまう。翼のない竜もいるが、勢いにまかせて空を飛ぶ。知られているものは数種に区別される。天竜は神々の宮殿を背負っている。

さもなくばこれらの宮殿が地に落ち、人々の住む町を破壊してしまう。神竜は風を起こし、人間のために雨を降らせる。地竜は小川や川の流れを支配する。地下竜は人間に禁じられている宝物の番をする。仏教徒は、竜の数が中心を同じくする数多くの海に住む魚の数に劣らないと断言する。宇宙のどこかに、竜の正確な数を表す聖なる暗号が存在するというのだ。中国人はほかのあらゆる神性存在以上に、竜の存在を信ずる。なぜなら竜はさまざまに変化する雲の形となって、しばしば現れるからだ。同様に、シェイクスピアもこういっている。「ときには竜のような雲が見える」

竜は山々を支配し、土占いとむすびつけられ、墓の近くに棲《す》み、儒教とつながりをもち、海神でもあり、陸にも現れる。

海竜の王たちは水中の絢爛《けんらん》たる宮殿に棲み、蛋白石《オパール》や真珠を常食とする。この王たちは五頭いる。長《かしら》は中央におり、残る四頭が基本方位に照応する。それぞれ体長は三、四マイルある。姿勢を変えると、山々が揺れ動く。彼らは黄色の鱗に身をかため、鼻面は髯《ひげ》で覆われている。足と尾は毛むくじゃらで、燃えるような両眼の上に額が突き出て、耳は小さくて細く、口をあんぐりと開き、舌は長く、歯は鋭い。海竜が海上に姿を現すと、渦巻きや台風が起こる。空を飛ぶと、嵐を吹き起こし、市《まち》じゅうの家の屋根をずたずたにし、国じゅうに洪水を起こす。竜王たちは不死であり、どんなに遠く離れていても、言葉を使わずに互いに伝達を行なうことができる。三番目の月に、彼らは上天にその年の報告をする。

＊——「ときには竜の……」『アントニーとクレオパトラ』三幕十二場冒頭にあるアントニーのせりふ。

トロール

キリスト教伝来後のイギリスでは、ヴァルキューレ（「戦死者を選ぶ女」）たちは村落へと追いやられ、そこで魔女に身をおとしてしまった。スカンディナヴィア諸国では、ヨーツンヘイムに住み、トール神と戦った異教神話の巨人たちが、無骨なトロールに変えられた。旧エッダ冒頭の天地創造によると、神々の黄昏《たそがれ》にこの巨人たちは一頭の狼、一匹の蛇と手をむすび、虹の橋ビフレストによじ登る。虹の橋は彼らの重みで崩れ、それによって世界を滅ぼす。民間の迷信のトロールは愚鈍で邪悪な妖精で、山間《やまあい》の洞穴や粗末な小屋に暮らす。別格のトロールたちには二、三の頭がある。

ヘンリック・イプセンの劇詩『ペール・ギュント』（一八六七）は彼らに不死を保証している。イプセンはとりわけ愛国主義者としてトロールを描いている。トロールたちは自分たちの醸造《じょうぞう》する不快な臭いの混合酒が美味であり、自分たちのあばら小屋が宮殿であると考えている、というか考えようと最善をつくしている。それゆえペール・ギュントが周囲のむさくるしさや彼と結婚しようとする王女の醜《みにく》さを見ないようにと、トロールたちは彼の両目をくり抜こうとする。

ナーガ

ナーガはインド神話に属する。大蛇であるが、しばしば人間の姿になる。『マハーバーラタ』の書のひとつで、アルジュナがナーガの王の娘ウルピに言い寄られ、きっぱりと、しかし穏やかに彼の貞節の誓いのことを娘に思い起こさせる。娘は彼に、彼の務めは不幸な者を慰めることだと語る。主人公は娘に一夜を許す。釈迦《しゃか》がいちじくの木の下で冥想《めいそう》していると、風と雨に打たれる。憐れんだとあるナーガが七重に巻きつき、七つの頭を釈迦の上に広げて一種の傘をこしらえる。釈迦はこのナーガを信仰に帰依《きえ》させる。

ケルンはその著『インド仏教提要』のなかで、ナーガを雲のごとき大蛇といっている。彼らは地下ふかくの宮殿に棲《す》む。大乗の信者の言い伝えでは、釈迦は人類にひとつの法を、神々にもうひとつの法を説いた。この後者の法――秘密の法――は大蛇たちのいる天と宮殿に隠されていたが、彼らは数世紀ののちにそれを僧ナーガールジュナに明かした。

中国の行脚僧法顕《あんぎゃそうほっけん》が五世紀初めに記しているインドの伝説がある。阿育王《アツカ》がとある湖へやってきた。その岸辺に高い塔が立っていた。彼はそれを取り壊して、もっと高い塔を建てようと考えた。ひとりの婆羅門《バラモン》が彼を塔に導き入れ、中へ入るとこういった。

「わたしのこの人間の姿は幻影だ。ほんとうはナーガ、竜なのだ。犯した罪のためにこのおぞましいもののなかに棲みついているが、しかしわたしは釈迦の説いた法にしたがい、償いを全《まっと》うしたい。これ以上にすぐれたものを建てられると思うなら、この寺院を壊してもかまわない」

ナーガは彼に祭壇の器を見せた。王はそれを目にして驚いた。器は人間の手でつくられたものとは似ても似つかない。彼は塔をそのままにして去った。

＊――『マハーバーラタ』『ラーマーヤナ』とともに、ヒンドゥー教二大叙事詩のひとつ。「バラタ族の戦争を語る大史詩」の意。アルジュナはパーンドゥ族の第三王子である勇者。

ナーガールジュナ（一五〇頃－二五〇頃）　わが国では竜樹という。南インド婆羅門のひとりで、中国、日本の大乗諸宗の祖とされる。

法顕　中国東晋の僧。陸路でインドにいき十年間滞在し、海路で帰国した。『高僧法顕伝』と題する彼自身の手になる旅行記は、一八三六年にフランス語訳が出たのをはじめとし、

S・ビール、J・レッグ、H・A・ジャイルズらの英訳もあって海外で広く読まれた。八十六歳で没したが、生年没年とも不明。

ニスナス

『聖アントワーヌの誘惑』の怪獣にニスナスがあり、これは「片目、片頰《ほお》、片手、片足、胴体片方、胸片方しかない」。注釈者ジャン＝クロード・マルゴランはこの獣をフローベールの独創としているが、レインは『千夜一夜物語』（一八三九）の第一巻で、それが縦にまふたつに割られた悪魔シックと人間との末裔《まつえい》だと信じられていると述べている。ニスナスはレインによれば（レインの表記はNesnâs）、「半分の人間」といった恰好《かっこう》で、「頭半分、胴体半分、片腕、片足しかなく、その片足で実に敏捷《びんしょう》に跳びまわる……」これはイエメンやハドゥラマウトの森中や砂漠にいて、話すことができる。ある一族はブレミエスのように胸に顔があり、また羊のような尾をもつ。この肉は美味で、たいへん珍重される。別の種類のニスナスは蝙蝠《こうもり》の羽根があり、シナ海のはずれのライジ（たぶんボルネオ）島に棲《す》む。「しかし」と、この懐疑的権威は言いそえる。「神のみが全知である」

＊――ブレミエス　ギリシア神話で、エチオピアに住むとされる好戦的一族。プリニウスによれば、頭がなくて、胸に目と口がある。

ニンフ

パラケルススは彼女たちの支配区域を水に限定したが、古代人はニンフは世界のいたるところにいると考えた。彼らはニンフの出没する場所によって別々の名前をつけた。ドリュアデス、つまりハマドリュアデスは人目にふれずに木のなかに棲《す》み、そして木とともに死んだ。ほかのニンフたちは不死であるとされていた。もしくはプルタルコスが暗に伝えるところでは、九七二〇年以上も寿命があった。このなかにネーレイデスとオーケアニデスがいて、これは海を治めた。湖や川のニンフはナーイアデス、山や洞窟のニンフはオレイアデスだった。峡谷にもニンフがいて、ナパイアイと呼ばれ、森のニンフはアルセイデスと呼ばれた。ニンフたちの正確な数は知られていない。ヘシオドスは三千という数字を伝えている。彼女たちは誠実な乙女で、たいそう美しかった。その名はたんに「年頃の乙女」といった意味だろう。彼女たちの姿を一目見ただけで盲目になったし、彼女たちが裸であれば死をまねいた。プロペルティウスの一行はこれを肯定している。

古代人は蜜やオリーブ油や乳の貢ぎ物をした。彼女たちは群小の女神だったが、それを祀《まつ》る神殿はひとつも建てられなかった。

＊――プロペルティウス（前五〇頃 - 前一五頃）ローマのエレゲイア詩人。四巻の詩集が残存し、なかでもキュンティアなる浮気な女性に対する恋の喜びや苦悩や悲哀を歌った第一巻、「キュンティアの巻」が名高い。

熱の生き物

幻視家で神智論者のルドルフ・シュタイナーは、この地球が今日のようなものとなる以前、太陽の段階を経過し、またそれ以前には土星の段階を経過したという啓示を授けられた。今日の人間は肉体、空気体、星体、そして自我から成っている。土星期の初め、人間は肉体のみだった。この肉体は見ることも触れることもできなかった。というのは、地球上には固体も液体も気体も存在しなかったからである。ただ熱の状態、熱の形態のみが存在し、それが宇宙空間において規則的な形状と不規則的な形状とを決定した。個々の人間、個体の存在は、変化する温度から成る有機体だった。シュタイナーの証言によれば、土星期の人類は熱と冷えの純然たる状態から成る盲目、沈黙、無感覚の大群だった。「探索者にとって、熱は気体よりもずっと希薄な実体にほかならない」と、シュタイナーの『神秘学概論』には記されている。太陽の段階以前、火の霊、あるいは大天使たちがそういう「人間たち」の体に生命を与え、その体が燃えて輝きはじめた。

シュタイナーはこれを夢に見たのだろうか。彼が夢に見たのは、こういうことが久しい昔にあったからだろうか。否定できないことは、これがほかの宇宙創成説のデミウルゴスや大蛇や牡牛よりはるかに不思議だということだ。

＊――ルドルフ・シュタイナー（一八六一－一九二五）　オーストリア生れの哲学者、科学者、芸術家。神智学協会に属したが、のちに独立して人智学協会（一九一二）を創立した。『霊活動の哲学』（一八九四）をはじめとし著作は多く、またゲーテの編集者、研究家としても知られる。『神秘学概論』は一九一〇年出版。

ノーム

ノームは彼ら自身の名よりも古い。この名はギリシア語だが、十六世紀になってつけられたものなので、古代人は知らなかった。語源学者はスイスの錬金術師パラケルススが名付け親だとする。彼の著作にこの名が初めて現れるからだ。

彼らは地と丘の精である。民間の想像が描く姿は鬚《ひげ》を生やした小人で、無骨でグロテスクな容貌をしている。僧服の頭巾のついた、体にぴったりした褐色の服を着ている。ギリシアや東洋のグリュプス、ゲルマン伝承の竜と同じく、ノームたちは秘宝の番をしている。

ギリシア語でグノーシス《gnosis》は知識の意だ。パラケルススが彼らをノーム《Gnomes》と呼んだのは彼らが金や銀の正確なありかを知っているからかもしれない。

ノルニル

中世北欧神話で、ノルニルは運命の女神たちである。十三世紀の初めに分散的な北欧神話を整理したスノリ・ストルルソンは、ノルニルが三人いて、名はそれぞれウルズ（過去）、ヴェルザンディ（現在）、スクルド（未来）であると語っている。この三人の天のノルニルが世の運命を支配し、人が生れるときには三人ともかならずその場にいて、その人間の一生の定めを下す。ノルニルの三人の名はどうやら神学的な色をおびた上品なつくりもの、もしくは付け加えたものらしい。古代ゲルマン種族はそうした抽象的思考ができなかったからだ。スノリは世界樹ユグドラシルの根元の泉のそばに、三人の乙女を配している。仮借《かしゃく》なしに、彼女たちはわれわれの運命を織りなす。

時は（それが彼女たちをつくっているのだが）この三人のことを忘れ去ったようだった。しかし一六〇六年頃にシェイクスピアが悲劇『マクベス』を書き、その最初の場に彼女たちが登場する。バンクォーとマクベスを待ち受ける運命を予言する三人の魔女である。シェイクスピアは彼女たちを運命の姉妹《weird sisters》と呼んでいる

（第一幕三場）。

運命の姉妹、手に手をとって、
海と陸とを急ぐ者たち、
　そうしてぐるぐる動きまわり……

アングロサクソン人の間でウィルド《Wyrd》は、神々と人間の運命を治める沈黙の女神だった。

バジリスク

長い年月をくだるうちに、バジリスク（別名、コッカトリス）はますます醜《みにく》く、おぞましいものとなり、今日では忘れ去られている。名はギリシア語に由来し、《小さな王》の意である。大プリニウス（第八巻三三）にとって、それは頭に王冠の形をした輝く斑点《はんてん》のある蛇だった。中世以来、それは鶏冠《とさか》と、黄色の羽毛と、幅広い翼と、蛇の尾をもつ四本足の鶏となる。この尾は先端が鉤形《かぎがた》、もしくはもうひとつの鶏の頭になっている。このイメージの変化は名称の変化に反映している。チョーサーは「牧師の物語」のなかで《バジリコック》の話をしている。「バジリコックはその眼差しの毒によりて民を殺す」。アルドロヴァンディの『蛇と竜の博物誌』に挿入されている図版のなかに、バジリスクに羽毛ではなく鱗《うろこ》を与え、八本の足を使えるとしてあるものがある。（新エッダによれば、オーディンの馬、スレイプニルも八本足だった。）

バジリスクの変らぬところは、その眼差しと毒とによる致死作用である。ゴルゴーンの目は生き物を石に変えた。ルカーヌスはリビアのすべての蛇が彼女たちのひとりの血から生じたと語っている――エジプトコブラ、両頭蛇、イカナゴ、それにバジリスクである。以下は、『パルサリア』第四巻からの逐語《ちくご》訳《やく》である。

この体〔メドゥーサの体〕のなかで、まず、有毒なる本性のために致命的な疫病《えきびょう》が生じた。その口から何匹もの大蛇が舌を震わせ、しゅっしゅっと音をたてながら這《は》い出てくると、女の髪が背中にたれるように、歓喜するメドゥーサのちょうど首のまわりを打つように這った。こちらを向いた彼女の額の上で蛇たちは鎌首をもたげ、毒蛇の毒がくしけずった頭髪から流れた。

　哀れなムルルスの槍《やり》で突き刺したとて、バジリスクに何の効き目があろうか。すばやく毒は武器を伝い、持ち手に取り付く。これをすぐさま、彼は抜き放った剣で打ち払い、と同時にその手を腕から完全に切り落とす。そして、みずからの死のおぞましい

バジリスク　アルドロヴァンディ『蛇と竜の博物誌』より

警告を見つめつつ、片手を失ったまま、彼は命をとりとめて立つ。

バジリスクは砂漠に棲息した。というか、もっと正確には、その棲息するところが砂漠になった。鳥類はその足元に仆《たお》れ、大地に実る果実は黒ずんで朽ちた。バジリスクが喉《のど》の渇きをいやす川の水は何世紀にもわたって毒の消えることがなかった。そのほんの一瞥《いちべつ》が岩を砕き、草木を焼きつくしたということは、すでにプリニウスが証言している。あらゆる動物のなかで、鼬《いたち》だけはこの怪物の力を受けつけず、その目を攻撃するものと思われていた。雄鶏の鳴き声でバジリスクはあわてて逃げ去るというふうにも信じられていた。旅慣れた旅人は知らぬ土地へ足を踏み入れる前に、籠《かご》に入れた雄鶏か鼬を抜かりなく用意しておいた。もうひとつの武器は鏡だった。みずからの姿に打たれてバジリスクが死んでしまうのだった。

セビーリャのイシドールスや『スペクルム・トリプレクス』(『三面鏡』)の編纂《へんさん》者たちはルカーヌスの寓話を斥《しりぞ》け、バジリスクの起源を合理的に説明しようとした。(彼らとて、その存在を否定することはできなかった。というのも、ウルガタ聖書にはヘブライ語《Tsepha》有毒の爬虫《はちゅう》の名を《コッカトリス》と訳してあるからだ。)いちばん人気を得た説は、雄鶏が産み落とし、蛇か蟾蜍《ひきがえる》が孵化した出来そこないの卵という説だった。十七世紀に、サー・トマス・ブラウンはこの説明がその怪物同様にむりやり仕立て上げられたものだとした。時同じくして、ケベードが「バジリスク」というロマンスを書いており、そのなかにこうある。

Si está vivo quien te vio,
Toda tu historia es mentira,
Pues si no murió, te ignora,
Y si murió no lo afirma.

〔おまえの姿を見た者がまだ生きているとするなら、おまえの話はぜんぶ嘘だ。なぜなら、その者がまだ死んでいないのなら、その者はおまえの姿を見たはずがない。もう死んでしまっているのなら、見たものの話をすることなどできない。〕

＊――**アルドロヴァンディ**（一五二二―一六〇五）イタリア、ボローニャの博物学者、医師。
ウルガタ聖書　聖ヒエロニムスが四世紀末葉から四〇五年頃までに完成したラテン語訳聖書。
サー・トマス・ブラウン（一六〇五―八二）イギリスの文人、医者。『俗な誤謬』は『伝染性謬見《びゅうけん》』の別称。
ケベード（一五八〇―一六四五）スペインの散文家、小説家、詩人。ピカレスク小説

『放浪児の手本にして悪党の鏡ドン・パブロスと呼ばれる世渡り上手の生涯の物語』（一六二六）などの作がある。

ハニエル、カフジエル、アズリエル、アニエル

バビロンで預言者エゼキエルは四頭の獣《けもの》、つまり四人の天使を幻《まぼろし》のうちに見た。「おのおの四つの顔あり、またおのおの四つの翼あり」「その顔の形は人の顔のごとし、四つの者右には獅子《しし》の顔あり、四つの者左には牛の顔あり、また四つの者鷲《わし》の顔あり」。「おのおのがまっすぐに」霊の運ぶところへ行った、あるいは最初のスペイン語訳聖書（一五六九）によれば、《cada uno caminaua enderecho de su rostro》（「おのおのその顔の向かうところへ行った」）。こうなるとむろん想像しがたくなって、薄気味悪さはない。「恐ろしきほど高き」四つの輪、車輪が天使たちとともに行き、そして、「まわりにあまねく目あり……」

エゼキエルの声は聖ヨハネの心にもこだましていたようで、黙示録第四章では動物のことをこう語る。

御座の前に水晶に似たる玻璃《はり》の海あり。御座の中央とまわりとに四つの活物《いきもの》あり

て、前も後ろも数々の目にて満ちたり。第一の活物は獅子のごとく、第二の活物は牛のごとく、第三の活物は顔の形は人のごとく、第四の活物は飛ぶ鷲のごとし。この四つの活物おのおの六つの翼あり、翼の内も外も数々の目にて満ちたり、日も夜も絶えまなくいう。「聖なるかな、聖なるかな、聖なるかな、昔いまし、今いまし、のち来《きた》りたまう、主たる全能の神」

カバラの最も重要な書『ゾーハル』、すなわち『輝きの書』では、これら四頭の獣がハニエル、カフジエル、アズリエル、アニエルと呼ばれ、東、北、南、西に顔を向けていると書かれている。スティーヴンソンは、もしそのような生き物が天国にいるのなら、地獄には何がいるとも想像できまいといっている。

目に満ちている獣というのは充分に恐ろしいものだが、チェスタトンは「第二の幼年」という詩でもっと欲ばっている。

だがぼくは年を取らずに見てやろう
巨大な夜が立ち現れるのを、

世界よりも大きな雲を、
そしてたくさんの目でできた怪物を。

エゼキエル書の四重の天使は《Hayoth》つまり生き物と称されている。カバラのもうひとつの古典『セーフェル・イェツィーラー』によれば、彼らは、神が世界を創造するためにアルファベット二十二文字とともに用いた十個の数である。『ゾーハル』によれば、彼らは文字を頭に戴《いただ》いて天からやってきた。

福音書書家は《Hayoth》の四つの顔からおのおのの象徴を引きだした。マタイはときに鬚《ひげ》をたくわえる人間の顔、マルコは獅子の顔、ルカは子牛の顔、ヨハネは鷲の顔である。聖ヒエロニムスはエゼキエル書注解のなかで、こうした帰属の理由を説明している。マタイが人間の顔を与えられたのはキリストの人性を強調したからであり、マルコの獅子の顔はキリストの王たる位を公言したからであり、ルカの子牛の顔はそれが犠牲の象徴だからであり、ヨハネの鷲の顔はキリストの飛翔する霊のためである。

ドイツの学者リヒャルト・ヘンニッヒ博士は、これらの象徴の遠い起源を、十二宮のうち九十度の角度で離れている四つに求める。獅子と牛は問題ない。人間は、人間の顔をしている宝瓶宮《ほうへいきゅう》にむすびつけられてきた。そして鷲は明らかに天蝎宮《てんかつきゅう》で、凶兆だと考えられて変えられたものだというのだ。ニコラス・デ・ヴォーレはその著『占星術百科』で同じ説を主張し、この四つの姿がいっしょになって、人間の頭、牡牛の体、獅子の爪《つめ》と尾、そして鷲の翼をもつスフィンクスになったと述べている。

バハムート

ベヒーモスの名声はアラビアの荒れ野に達し、その地の人々はその姿を変えたり拡大したりした。彼らはそれを河馬《かば》あるいは象から、底知れぬ海に浮かぶ魚に変えた。その魚の上に彼らは牡牛を置き、その牡牛の上に紅玉《ルビー》の山を、その山の上に天使を、天使の頭上に六つの冥府《めいふ》を、その冥府の上方に大地を、大地の上方に七つの天を置いた。イスラーム教伝説にはこうある。

神は大地をつくったが、大地には礎《いしずえ》がなかった。そこで神は大地の下に天使をつくった。しかしこの天使には礎がなかったので、神は天使の足の下に紅玉《ルビー》の岩山をつくった。しかし岩山には礎がなかったので、その下に神は四千の目、耳、鼻孔、口、舌、足をもつ牡牛をつくった。しかしこの牛には礎がなかったので、神はバハムートという名の魚をつくり、その魚の下には水を、水の下には闇を置いた。そしてこの闇のかなたは人知のおよばぬところである。

ほかの伝説によれば、大地は水を土台とし、水は岩山を、岩山は牡牛の額を、牡牛は砂床を、砂はバハムートを、バハムートは重苦しい風を、重苦しい風は霧を土台としている。霧の下に存在するものは知られていない。

バハムートはあまりに巨大でまぶしい光を発するので、人間の目はその姿を見ることに耐えられない。世界中の海をこの魚の鼻孔のひとつに置くならば、それは砂漠に置かれた一粒の芥子《からし》の種《たね》のようなものであろう。『千夜一夜物語』の第四九六夜では、イサ（イエス）がバハムートを見る機会を与えられたことが語られている。この恵みを授けられると、イサは気を失って地に倒れ、三日三晩たってからようやく意識を取り戻した。話はつづいて、それによれば計り知れないその魚の下に海がある。海の下には空気の割れ目があり、空気の下に火がある。火の下にはファラクという名の蛇がいて、その口のなかに六つの冥府がある。

岩山が牡牛の上にあり、牡牛がバハムートの上に、バハムートが何か別のものの上にあるという観念は、神の存在の宇宙論的証明の一例であるように思われる。あらゆる原因はそれに先立つ原因を必要とし、それゆえ無限にすすんでいくことを避けるためには第一の原因が必要であるというのが、この証明の論法である。

バルトアンデルス

バルトアンデルス（この名前は《じきに＝別物》ないし《いつでも＝ほかの＝何か》というふうに翻訳できる）は、ニュルンベルクの靴屋の親方《マイスター》ハンス・ザックス（一四九四－一五七六）が『オデュッセイア』の一節によって暗示を受けたものである。その一節では、メネラオスに追われるエジプト神プロテウスが、獅子《しし》、蛇、豹《ひょう》、巨大な猪《いのしし》、木、そして流れる水にと姿を変える。ザックスの死後約九十年たって、バルトアンデルスはグリンメルスハウゼンの幻想ピカレスク小説『阿呆物語』（一六六九）の最終巻に新たに登場する。とある森で、主人公は石の像に出会う。彼にはこれがどこか古代ゲルマンの寺院からきた偶像のように思われる。彼がそれに触れると、像はバルトアンデルスと名乗り、そしてすぐさま人間、樫《かし》の木、牝豚、太いソーセージ、クローバーの畑、糞、一本の花、花をつけた枝、桑の茂み、絹のつづれ織り、そのほかたくさんのものや存在に変幻し、それからもう一度人間の姿になる。「椅子やベンチ、鍋や釜のような生れつき口がきけないものと話をする」術を、彼はジンプリチシムスに教えようとする。彼は書記にも姿を変えて、「われは始めにして終りなり」というヨハネ黙示録の言葉を書き記す。これは彼が主人公に教えを残していく暗号文書を解く鍵となる。バルトアンデルスはさらに自分の紋章が（トルコ人のそれのように、そしてトルコ人よりもその権利がある）変りやすい月であるとも語る。

バルトアンデルスは連続的な怪物、時間の怪物である。グリンメルスハウゼンの小説の初版本の扉《とびら》は洒落《しゃれ》ている。そこには獣《けもの》の版画が載っていて、その獣はサテュロスの頭、人間の胴、鳥のひろげた翼、魚の尾をもっており、山羊《やぎ》の足と禿鷹《はげたか》の爪《つめ》で仮面の山を踏みつけている。仮面のかずかずはこれが姿を変える連続を象徴している。ベルトには剣《つるぎ》をさげ、両手で開いた本をもっているが、それには王冠、帆船、大きな盃《さかずき》、塔、子供、一対の骰子《さいころ》、鈴のついた三角帽子、大砲などの絵が見える。

＊——**ハンス・ザックス**　十六世紀のもっとも有名なマイスタージンガー。二百七十五曲におよぶマイスター歌曲のほか、物語や小劇や劇詩など数多くの作品を残した。

グリンメルスハウゼン（一六二二頃‐七六）　ドイツの小説家。

グリンメルスハウゼン『阿呆物語』扉絵

ハルピュイア

ヘシオドスの『神統記』では、ハルピュイアは長くゆるやかな髪をのばした翼ある神で、鳥や風よりも速い。『アエネーイス』では、女の顔、鋭い曲った爪《つめ》、不潔な下腹部をもつ禿鷹《はげたか》で、癒すことのできぬ空腹のために体が弱っている。山から舞い降りてきて、宴《うたげ》の準備のできた食卓に襲いかかる。不死身で、悪臭を放ち、目にするものはすべて呑み込み、終始耳障《みみざわ》りな声で鳴き、何でもおかまいなしに糞《ふん》で汚してしまう。ウェルギリウスの注釈のなかでセルウィウスは、ヘカテーが地獄ではプロセルピナ、地上ではディアーナ、天国ではルーナで、それゆえ三重の女神と称されているように、ハルピュイアは地獄ではフリアイ、地上ではハルピュイア、天国ではディーライ（あるいは悪魔）であると書いている。またパルカイ、すなわち運命の女神たちとも混同される。

神々の命によって、ハルピュイアたちはとあるトラーキアの王のもとを荒らしまわった。この王は人間の未来のベールを剝《は》ぎとったり、あるいは自分の両眼を犠牲にして長寿を買ったりしたが、盲目を選ぶことによって太陽の業《わざ》を辱《はずか》しめたとして太陽の罪を受けることとなったのだ。王が宮廷一同のために宴を催《もよお》したところ、ハルピュイアたちは料理を汚物でよごし、貪《むさぼ》り食ってしまった。アルゴナウタイたちが彼らを追い払った。ロードスのアポロニオスとウィリアム・モリス（『イアーソンの生と死』）がその幻想物語を語っている。アリオストは『狂えるオルランド』第三十三歌で、このトラーキアの王をアビシニア人の伝説の皇帝プレスター・ジョンに変身させている。

ハルピュイアはギリシア語《harpazein》ひったくる、掠《かす》めるからきている。初めはヴェーダ神話のマルト神群のように風の女神で、黄金の武器（稲妻）をふるい、雲の乳を搾《しぼ》った。

***——ヘカテー**　ヘシオドス『神統記』四一一行以下に現れて、熱烈な称賛の的となっている女神。彫刻では三つの体を有し、三叉《さんさ》の道を眺める姿として描かれる。

プロセルピナ　ギリシアのペルセポネーのローマ名。ペルセポネーは死者の国の支配者ハーデースの后《きさき》。

ディアーナ　ギリシアのアルテミスにあたる多産の女神。

ルーナ　ローマの月の女神。

フリアイ　ギリシアのエリーニュス。復讐《ふくしゅう》あるいは罪の追及の女神。

ディーライ　フリアイに同じ。

パルカイ　ギリシアのモイラにあたる運命の女神。

トラーキアの王　黒海のサルミュデーッソスの王、ピーネウスのこと。ゼウスの怒りをかって死か盲目かを選択させられ、後者を選び、そのために太陽神ヘーリオスの憤りをかった。

ルドヴィコ・アリオスト（一四七四－一五三三）イタリアの詩人。『狂えるオルランド』は初版一五一六年、増補改訂版が一五三二年に出版された。

雲の乳　『リグ・ヴェーダ讃歌』では雨雲のことを「天《あま》つ乳房」、雨のことを「乳」と歌っている（「マルト神群の歌」（一・六四））。

バロメッツ

タタールの羊、別名をバロメッツ、リコポディウム・バロメッツ、シナ・バロメッツともいう植物は、黄金の毛に覆われた羊の形をしている。それは四、五本の根茎で立っている。サー・トマス・ブラウンは『伝染性謬見《びゅうけん》』（一六四六）のなかで、それについてこう記す。

おおいに不思議とされているバロメッツ、タタールの羊なるあの奇妙な半草半獣ないし植物は、狼が好んで食とし、羊の恰好《かっこう》をしており、折ると血のごとき汁を出し、まわりの草木が食いつくされるまで生きつづける。

ほかの怪獣はさまざまな種類の動物を結合させてできあがる。バロメッツは動物界と植物界の融合なのだ。

これで思い出されるのはマンドレイクで、大地からもぎとられるとき人間のように声をあげる。「地獄篇」の円のひとつ、自殺者の悲しき森においては、折られた小枝から血と言葉が同時に滴《したた》る。チェスタトンの想像になる木は、その枝に巣をつくる鳥たちを貪《むさぼ》り食い、春になると葉ではなく羽根を出した。

＊——自殺者の森　「地獄篇」第十三曲第七獄第二円を参照。

パンサー

中世動物物語集で《パンサー》といえば、今日の動物学の肉食哺乳動物とはかなり異なる動物のことである。アリストテレスはそれ以前に、これがほかの動物を引きつける甘いにおいを発散すると記している。アイリアノス――ラテン語よりもギリシア語を好み、これを自由自在に操ったので「蜜の舌をもつ者」と称されたローマの著述家――は、そのにおいが人間にも快いと語っている。（この特徴ゆえに、パンサーと麝香猫《じゃこう》とが混同されたとする者もいる。）プリニウスはパンサーの背に、月とともに満ち欠けする大きな円いしみを付与した。こうした驚くべき境遇に、もうひとつの事実が加わった。七十人訳ギリシア語聖書で、イエスのことを予言的に指すらしい《パンサー》という語が使われているのだ（ホセア書第五章一四節）。「われエフライムにはパンサーのごとくなれり。」

『エクセター書』のアングロサクソン動物物語集では、パンサーは山中の隠れた洞穴に棲《す》むおとなしい孤独な獣で、流麗な声をして甘い息を吐く（この息はオールスパイスの香りとむすびつけられることもある）。唯一の敵は竜で、これとはたえまなく戦う。腹いっぱい食うと、これは眠り、そして「三日目に目を覚ますと、その口からは高く甘く響きのよい声が聞こえ、その歌声とともに甘い香りの息が気持よく流れる。草木の花が満開に咲き乱れる以上に快い」。おびただしい数の人間や動物がこのかぐわしさと音楽に惹《ひ》かれ、野や城や町からこの住処《すみか》へと群れ集う。竜が宿敵、悪魔である。目覚めは主の蘇《よみがえ》りである。群れは信者の社会である。そしてパンサーはイエス・キリストである。

こうした比喩《アレゴリー》が引き起こす驚きを和らげるためにいっておけば、サクソン人にとってパンサーは野獣ではなく、いかなる具象的イメージによっても表現されないひとつの異国的な響きであった。興味ぶかい一例として、エリオットの詩「ゲロンチョン」が「猛虎キリスト」と歌っていることを付け加えておこう。

レオナルド・ダ・ヴィンチはこう記している。

アフリカのパンサーは獅子《しし》に似ているが、足はもっと長く、体も細い。全身は白く、薔薇《ばら》形の黒い斑点《はんてん》模様がある。この美しさにほかの動物たちはうっとりする。パンサーの恐ろしい眼差しがなければ、こぞって群がってくるだろう。これに気付いて、パンサーは目を伏せる。動物たちはその美しさを満喫しようと近寄ってくる。するとパンサーはいちばん近くのものに襲いかかる。

＊——アイリアノス（一七〇頃 - 二三五）ローマの著述家で修辞学教師。ギリシア語で著述し、これを巧みに話したので「蜜の舌をもつ者」とか「蜜の声をもつ者」とか称された。『動物の本性について』や『雑録』がある。

バンシー

この「妖女の中の妖女」を目撃した者はいないようだ。彼女は形あるものというより悲しみをたたえた金切声で、アイルランドの夜や（サー・ウォルター・スコットの『悪魔学と妖術《ようじゅつ》』によれば）スコットランドの高地にしばしば出没する。訪れた家の窓の下で、彼女はその一家のひとりの死を予言する。彼女にはまぎれもなく生粋《きっすい》のケルトの血が流れていて、ラテン系、サクソン系、デーン系の血は混じっていないとされている。バンシーの声はウェールズやブルターニュでも聞かれたことがある。その泣き声を《keening》といっている。

ハンババ

おそらく世界最古の叙事詩、あの断片の寄せ集めから成るアッシリアの『ギルガメシュ叙事詩』において杉の山を治めているハンババは、いかなる巨人だったか。ゲオルク・ブルックハルトはこの叙事詩の再編成を試み、一九五二年ヴィースバーデンで出版された彼のドイツ語訳にはつぎの一節がある。

エンキドゥは斧《おの》をふるい、一本の杉の木を切り倒した。怒り声が鳴りひびいた。「わしの森に入り込んで、わしの杉の木を一本切り倒したのは何者だ」。それからハンババがみずから姿を現した。彼は前足が獅子《しし》で、角のように硬い鱗《うろこ》で全身をおおわれていた。足には禿鷹《はげたか》の爪《つめ》を、頭には野牛の角を生やしていた。尾と男根の先端はそれぞれ蛇の頭になっていた。

『ギルガメシュ叙事詩』後半の歌のひとつで、マシュ山の門を守っている人間蠍《さそり》という動物が紹介される。「〔N・K・サンダーズの英訳版では〕その山のふたごの頂《いただき》は天の壁と同じくらい高く、その裾は地界にまで達する」。太陽は夜この山中に沈み、そこから暁《あかつき》に戻ってくる。人間蠍は上半身は人間だが、下半身の先端は蠍の尾になっている。

ピグミー

古代人の知識によると、この種族の小人たち――身の丈二十七インチ――は、インドやエチオピアの国境を越えた山中に住んでいた。プリニウスは、彼らが羽毛と卵の殻を混ぜ合わせた泥で小屋を建てたと述べている。アリストテレスは地下の洞穴を彼らの住処《すみか》だとしている。小麦を刈り取るため、彼らはさながら森を切り倒そうとするかのように斧《おの》をふるった。毎年彼らは、ロシアの大草原《ステップ》に巣をもつ鶴の群れに襲われた。牡羊や山羊《やぎ》に乗ってこの敵の卵や巣を破壊することで、ピグミーたちはその仕返しをした。こうした戦《いくさ》に遠征していくために、彼らは毎年十二か月のうち三か月間は忙しかった。

ピグミーはまたカルタゴの神の名でもあって、その顔は敵軍に恐怖を広めるため、軍艦の船首像として彫刻された。

ヒッポグリュプス

不可能や不調和を表すために、ウェルギリウスは馬とグリュプスとの交雑《こうざつ》を例にとった。四世紀後、彼の注釈者セルウィウスはグリュプスという動物は上半身が鷲《わし》、下半身が獅子《しし》だと説明した。ウェルギリウスの原典に力を添えようと、彼はグリュプスが馬を嫌うとつけ加えた。やがて《Jungentur jam grypes equis》(「グリュプスに馬をかけあわせる」)という文句が諺《ことわざ》じみたものとなった。十六世紀の初め、ルドヴィコ・アリオストがこれを思い出して、ヒッポグリュプスをつくった。古代人のグリュプスでは鷲と獅子とが結合している。アリオストのヒッポグリュプスでは馬とグリュプスとが結合して、その二世である怪物、というか創作物ができあがった。ピエトロ・ミケリは、翼ある馬ペガサスよりも調和がとれているとこれを評している。

幻想動物学ハンドブックのために書かれたような、ヒッポグリュプスの詳しい描写が、『狂えるオルランド』にある(第四歌一八)。

この馬は想像の産物ではなく実在する。グリュプスがとある牝馬に産せたものだからだ。毛並みと翼、前足や頭や嘴《くちばし》などは父に似て、そのほかはどこも母そっくりなので、ヒッポグリュプスと名がついた。ごくごくまれだが、氷に閉ざされた海のはるかかなた、リファエアの山中からやってくる。

この奇妙な獣のことは最初、欺《あざむ》くように何気なく語られる（第二歌三七）。そしてローヌの川辺でわたしは、武装して大きな翼ある馬の手綱をにぎりしめている男に出会った。

ほかの連では空を飛ぶこの獣の不思議が語られる。つぎの一連（第四歌四）はよく知られている。

E vede l'oste e tutta la famiglia,
E chi a finestre e chi fuor ne la via,
Tener levati al ciel gli occhi e le ciglia,
Come l'Ecclisse o la Cometa sia.

Vede la Donna un'alta maraviglia,
Che di leggier creduta non saria :
Vede passar un gran destriero alato,
Che porta in aria un cavalliero armato.

〔そして彼女は主《あるじ》と家の者すべてを、窓辺にいる者、通りにいる者たちを見た。日食が起こったか彗星が現れたかのように、彼らの目と眉は空に向けられていた。女はたやすく信じられない不思議を天空に見た。翼ある大きな馬が武装した騎士をひとり乗せて、空中を飛んでいった。〕

最後の歌のひとつで、アストルフォがヒッポグリュプスの鞍《くら》と鐙《あぶみ》をはずして自由にしてやる。

ひとつ目の生き物

光学器具の名称となる以前、モノクル《monocle》という語はひとつ目の生き物のことをいった。それゆえ、十七世紀初頭の作であるソネットでゴンゴラは《Monóculo galán de Galatea》「ガラテアにこがれるモノクル」と書いているが、これはむろんポリュペーモスのことをいっている。ポリュペーモスについて、彼はそれより先に『ポリフェーモの寓話』でこう書いている。

Un monte era de miembros eminente
Este que, de Neptuno hijo fiero,
De un ojo ilustre el orbe de su frente,
Émulo casi del mayor lucero ;
Cíclope a quien el pino más valiente
Bastón le obedecía tan ligero,

Y al grave peso junco tan delgado,
Que un día era bastón y otro caiado.

Negro el cabello, imitador undoso
De las oscuras aguas del Leteo,
Al viento que le peina proceloso
Vuela sin orden, pende sin aseo ;
Un torrente es su barba impetuoso
Que, adusto hijo de este Pirineo,
Su pecho inunda, o tarde o mal o en vano
Surcada aún de los dedos de su mano.

〔彼は高き四肢の山、ネプトゥーヌスのこの醜悪《しゅうあく》なる息子、巨大な星にもまごうそのひとつ目で額のまわりを照らす。このキュクロープスの前にはいかに頑強な松とて軽い杖《つえ》のごとく従い、その並み外れた図体の前に葦《あし》のごとく弱々しく、ある日は散策の杖となり翌日は羊飼いの杖となる。

その漆黒《しっこく》の髪はレーテーの暗黒の流れを真似て波打ち、それを荒々しく梳《くしけず》る風にもつれて泳ぎ、乱れて垂れる。ほとばしる激流が彼の鬚《ひげ》、このピューレーネーの険しい息子は彼の胸に氾濫《はんらん》し、手の指で梳《す》くも遅く、拙《つたな》く、むなし。」

この詩句は『アエネーイス』第三巻（クインティリアヌスが称揚した）を凌《しの》いでいて、しかもそれより弱い。そしてまた『アエネーイス』のほうは『オデュッセイア』第九書の詩句を凌いでいて、しかもそれより弱い。こういう文学的な衰頽《すいたい》は詩人の信仰の衰頽と一体である。ウェルギリウスは自分のポリュペーモスをわれわれに印象づけようとするが、しかしその存在をほとんど信じていない。そしてゴンゴラは言葉、あるいは言葉の技巧しか信じていない。

ひとつ目の人間の種族はキュクロープスだけではなかった。プリニウス（第七巻二）はアリマスポイ人のことも記している。

これはひとつ目しかないことで名高い種族で、その目は額の真中にある。ふつう翼のある一種の怪物とされているグリュプスたちと、黄金を争ってたえず戦っているという。この黄金はその野獣たちが鉱脈から掘り出し、実に貪欲に守っているものだが、アリマスポイ人も同様にこれを手に入れたがっている。

それより五百年前に、最初の百科全書家ハリカルナッソスのヘロドトスは書いている（第三巻一一六）。

これも明らかだが、ヨーロッパの北部にはほかのどこよりもずっと多くの金がある。このことに関してもまた、その金をいかにして入手するかということをわたしは確信をもって語りえない。アリマスポイ人と呼ばれるひとつ目人間がグリュプスから盗むだろうという者もある。しかしこれもまた、すなわちほかのすべての点で人間と同じで、しかも目のひとつしかない人間が存在しうるとは、わたしには信じられない。

*——ゴンゴラ（一五六一－一六二七）　スペインの詩人。初期には平明で美しい叙情詩を書いたが、のちに作風が変り、無理な語の転位や不自然な対句、誇張した比喩《ひゆ》、出所不明な寓話の使用などによる難解な詩を発表した。その種の作として『ポリフェーモとガラテアの寓話』（一六一三）や『孤愁』（一六一三）がある。

ポリュペーモス　ポセイドーン（ローマではネプトゥーヌス）とニンフのトオーサの子で、キュクロープスたちのひとり。

レーテー　《忘却》の意で、冥界の川の名。不和、争いの女神エリスの娘。

クインティリアヌス（三五頃 - 九四頃）　ローマの文学者、文芸批評家。スペイン生れ。『弁辞教程』十二巻が現存する。

火の王とその軍馬

ヘラクレイトスは第一要素、あるいは根元が火であると説いたが、しかしこれは火でできた存在、炎という変化する実体からこしらえられた存在があるという意味ではない。そういうほとんど想像しがたい思いつきをウィリアム・モリスは連作詩『地上の楽園』（一八六八－七〇）の「ヴィーナスに与えられた指輪」という物語で試みた。つぎのようなくだりがある。

強大な王に似つかわしかりき男、
王冠を戴《いただ》き笏《しゃく》をもつその姿堂々たり。
白光の炎のごとくその顔輝き、
くっきりと鮮明に石の顔のごとし、
だがそれは肉にあらずゆらめき光る炎なり。
そしてその陰に走る眼差し、

激しき欲望と苦痛と恐れに満ち、
臣下の者たちの顔にありしものに似て、
しかし十倍もすさまじかりき。
さらに王の所有せし驚くべき軍馬、
種も形も名状しがたく、
馬にあらずヒッポグリュプスにあらず竜にあらず。
それらすべてに似てしかも非なるもの、
ちらちらと燃ゆるさま
悪夢の姿に似て……

おそらく右の詩句には、『楽園喪失』（第二歌六六六－七三）で故意に曖昧《あいまい》に擬人化されている死がこだましている。

もうひとつの形は、
もし肢体、関節、四肢の区別しうるものを
何ひとつ有せざる形を形と呼びうるとせば、
あるいは影ともいずれとも見ゆるものを

実体と呼びうるとせば、その形は夜のごとく黒く、
十人のフリアイのごとく荒々しく、地獄のごとく恐ろしく、
そして恐ろしき投槍《なげやり》をふるいたり。頭とおぼしきところには、
王の冠《かむり》に似たるもの戴く。

百頭

百頭は、ほかの点では非の打ちどころない一生のうちに発した百個の意地悪い言葉によってできた魚である。中国のとある釈迦《しゃか》伝によると、彼はあるとき数人の漁師が網を引いているのに出会った。苦労の末に漁師たちは巨大な魚を砂浜へ引きずりあげた。この魚には猿の頭がひとつ、犬の頭がひとつ、馬の頭がひとつ、狐の頭がひとつ、豚の頭がひとつ、虎の頭がひとつというふうに、百個の頭があった。釈迦は魚に尋ねた。

「あなたはカピラですか」

「そのとおり」と百頭は息絶える前に答えた。

釈迦は弟子たちにこう説明した。前世でカピラは出家した婆羅門《バラモン》で、聖典に関する知識は並み外れていた。時折、同輩の学徒が語を読みちがえると、カピラはそれを猿頭、犬頭、馬頭などといっていた。死後、そうした侮辱の言葉の業《カルマ》によって彼は海の怪物として生れ変り、彼が友人たちに与えた頭全部の重みを負うこととなった。

＊――カピラ　インド諸伝説において、サーンキャ学派の開祖とされている思想家。

ファスティトカロン

中世には聖霊がふたつの書をつくったと考えられていた。ひとつは周知のように、聖書である。もうひとつは世界全体であって、そこに棲《す》む生き物たちが彼ら自身の内に道徳的教訓を閉じ込めてしまった。そうした教訓を説明するために、フィシオロゴス、すなわち動物物語集が編まれ、鳥や獣や魚の話に寓意的な意味合いが着せられた。アングロサクソンの動物物語集からひとつ、R・K・ゴードンの翻訳によって引いてみよう。

さて、わたしの知るところによって、詩で、歌で、一種の魚について、巨大な鯨《くじら》について語ることにしよう。これは悲しいことに、海をゆく者すべてにとって、しばしば危険で獰猛《どうもう》となる。ファスティトカロンという名が、この大海の流れに浮かぶ者につけられている。その姿は荒石《あらいし》に似て、ひときわ大きな海草類が砂丘に囲まれて波打ち際に盛り上がっているようなので、船乗りたちは目で見ているものが島だと思う。そこで彼らは舳先《へさき》の高い船を偽《にせ》の島に綱でゆわえ、船に載せてきた馬を岸辺につなぎ、恐れもせずに島の中へと入っていく。船は水に囲まれて、岸にとまったままでいる。やがて疲れた船乗りたちはキャンプを張って、危険を忘れる。島の上で焚火をし、大きく燃え上がらせる。へとへとになった男たちは愉快になって、休息しようとする。すると策略に長《た》けたこの大海の獣は、旅人たちが自分の上にしっかりと腰をすえ、キャンプを張り、天気の良いのに喜んでいるのがわかると、不意に餌食《えじき》もろとも塩辛い海の中に沈み、深みへと潜っていき、やがて船と船乗りたちを死の広間へ送ってしまう。

この誇り高き航海者にはもうひとつ、さらに驚くべき習慣がある。大海で飢えに駆られると……この大海の見張り役は口を大きく開く。なかから快い香りがやってくるので、ほかの魚たちはそれに騙《だま》される。魚たちはよいにおいのするところへと急いで泳ぐ。浅はかな群れをなして入っていくので、ついに広大な口の中も一杯になる。すると突然、獰猛《どうもう》な口がぴしゃりと閉じ、獲物を封じ込めてしまう。甘き香り、よこしまな欲望に釣り込まれ、それゆえに栄光の王に対して罪を犯す者も……すべてこのようなものだ。

これと同じ話は『千夜一夜物語』、聖ブレンダン伝説、ミルトンの『楽園喪失』に語られている。『楽園喪失』では「ノルウェーの水面《みなも》にまどろみたる」鯨がでてくる。ゴードン教授はこういっている。「もっとも古い諸版では、この獣は亀で、アスピドケロンという名だった。時の移りゆくうちにその名がなまって、さらに鯨が亀に取って代わった」

フェアリー

フェアリーたちは魔法を使って人事に干渉する。名前はラテン語ファトゥム fatum（宿命、運命）とつながりがある。群小の超自然存在のなかで、フェアリーはもっとも数多く、もっとも美しく、もっとも忘れてはならないものである。彼らは特定の地域や特定の時代にかぎった存在ではない。古代ギリシア人、エスキモー、アメリカ先住民などすべてが、こうした想像の産物の愛をかちえた英雄の物語を語っている。そういう好運にはそれなりの危険がともなう。フェアリーは、自分の移り気を満足させてしまうと、愛人を死に追いやることもあるのだ。

アイルランドやスコットランドでは、「フェアリー国の人々」は地下に住処《すみか》を定められ、そこに誘拐してきた子供や大人を閉じ込める。アイルランドの農民は、畑を掘り起こすと出てくる石の矢尻がかつてはフェアリーたちのものだったと信じているので、そうした矢尻には尽きることのない薬効があるとしている。イェーツの初期の物語にはフェアリーのなかで暮らす村人のことを書いたものが多い。そのひとつで、とある田舎女が彼にこう話す。

彼女は地獄や幽霊の存在を信じていなかった。地獄は人々に悪いことをさせないために、牧師がこしらえあげたものだというのだ。幽霊が思いのままに「この世をうろつきまわるなんて」許しておけない、と彼女はいった。「でもフェアリーやレプラコーン、ウォーター・ホースや落ちてきた天使ならいるわ」

フェアリーは歌や音楽や緑色を好む。イェーツによると、「アイルランドの小人やフェアリーは、ときにはわれわれと同じ背丈で、ときにはもっと大きく、またときには、聞くところによれば、背丈は三フィートほど」。十七世紀の終りに、スコットランドの牧師、アーバーフォイルのロバート・カーク師が『秘密の共和国、あるいは低地方スコットランド人の間においてこれまで牧神《フォーン》、妖精《フェアリー》などと称されている地中の(かつ、ほとんどは)不可視なる人々の性質と行動――千里眼を有する者たちによって描写されたるもの――に関する論考』と題する書物を著した。一八一五年、サー・ウォルター・スコットがこの書を再版した。カーク氏については、フェアリーたちの秘密を暴露したために、彼らにこの世から運び去られたといわれている。

イタリア沖合の海、とくにメシナ海峡では、ファタ・モルガーナがさまざまな蜃気《しんき》楼《ろう》を工作して船乗りたちを惑わし、おびき寄せて船を座礁させる。

***——レプラコーン**　アイルランド伝説の小人または妖精で、財宝の秘密の場所を知っており、捕えられるとそれを教えるといわれる。ただし財布には一シリング以上もっていることがない。ブラウニーと同じように、主婦の手伝いをし、靴直しをしたり、オートミールを碾《ひ》いたりするともいわれる。

ウォーター・ホース　馬の姿に似ている水の精。

ロバート・カーク（一六四一頃－一六九二）　ゲール語学者としても秀《ひい》で、スコットランド語の韻文訳讃美歌をゲール語に訳したほか、一六九〇年出版のゲール語訳聖書の校閲にも当たった。

ファタ・モルガーナ　イタリア語で fata は妖精、morgana は蜃気楼の意。中世伝説アーサー王の美しい妹、妖精モルガン（Morgan le Fay）が語源となっている。

フェニクス

記念像、石のピラミッド、そして宝物としたミイラにエジプト人は永遠を求めた。それゆえ、この国が循環する不死の鳥の神話を生みだしたのはふさわしい。もっとも、あとになってそれを念入りなものに仕上げたのはギリシアとローマである。アドルフ・エルマンによれば、ヘリオポリスの神話でフェニクス（ベヌ）は五十年祭、あるいは時の長い循環の神である。ヘロドトスは有名な一節（第二巻七三）で、きわめて懐疑的なこの伝説の初期の形を伝えている。

もうひとつの聖なる鳥がいる。これはフェニクスと呼ばれる。わたし自身は実物を見たことはない。見たのはその絵にすぎない。というのもこの鳥はめったにエジプトへやってこず、ヘリオポリスの人々のいうには五百年に一度しか現れない。フェニクスは父親が死ぬとやってくるという。絵がこの大きさや姿を正しく描いているなら、羽毛は半ば金色、半ば赤い。恰好《かっこう》と大きさは鷲《わし》にたいへん似ている。

エジプト人はこの鳥の工夫の話を伝えるが、わたしは信じていない。彼らのいうに、この鳥は没薬《もつやく》に包んで父親の亡骸《なきがら》をアラビアから太陽神の神殿に運んできて、それをそこに埋める。こういうふうに運んでくるという。まず、運べる程度の重さの没薬の卵をこしらえ、それを持ち上げて重さを確かめ、それから卵をくり抜いて父親の亡骸を入れ、亡骸の横たわる隙間にさらに没薬を詰める。そして亡骸の入った卵の重みが前と同じになると、フェニクスはそれに封をしてから、エジプトの太陽神の神殿へと運んでくる。これがこの鳥のなす業の物語である。

ほぼ五百年後、タキトゥスとプリニウスがこの不思議な物語を取り上げた。前者は古代の文献が一切曖昧《あいまい》だと正論を述べながらも、フェニクス飛来の間隔が、ある言い伝えでは一四六一年だといっている（『年代記』第六巻二八）。後者もやはりフェニクスの年代記を調べた。プリニウス（第十巻二）は、マニリウスによればこの鳥の寿命はプラトン年の期間に一致すると記している。プラトン年とは太陽、月、および五つの惑星が初めの位置へ戻るのに要する時間である。タキトゥスは『弁論家論』で、これを一万二九九四年と計算している。古代人の信仰では、この厖大《ぼうだい》な天文周期が完結されるや、世界の歴史は惑星の反復される影響によってあらゆる細部まで繰り返すものとされた。フェニクスはこの過程の鏡、あるいはイメージであった。宇宙とフェニクスとのいっそう密接な類似を見るには、ストア学派を思い起こす必要がある。彼らによれば、宇宙は火となって再生し、またその循環に始まりはなかったし、終りもない。

時の経つうちに、フェニクスの生殖の方法が単純化された。ヘロドトスは卵のことを、プリニウスは蛆《うじ》のことを語るが、詩人クラウディアヌスはすでに四世紀初め、自分自身の灰から起き上がる不死鳥、それ自身の嫡子《ちゃくし》、万世の目撃者を添えている。フェニクスの神話ほど流布している神話はほとんどない。上に挙げた著作家に加えて、オウィディウス（『転身物語』第十五巻）、ダンテ（「地獄篇」第二十四曲）、ペリサー（『フェニクスとその博物誌』）、ケベード（『スペインのパルナッソス』）、ミルトン（『闘士サムソン』結末）などが挙げられる。シェイクスピアは『ヘンリー八世』の終り（五幕四場）に、つぎのような美しい詩句《ライン》を書いている。

しかし不思議の鳥、乙女のフェニクスが死んでも、
その灰が新たに世継ぎを創り、
それが彼女と同じようにおおいに称《たた》えられるように……

ラクタンティウスの作とされるラテン語の詩「フェニクスの芸術」や、八世紀に書

かれたアングロサクソンのその模倣も挙げてよい。テルトゥリアヌス、聖アンブロシウス、イェルサレムのキュリロスなどは肉体の蘇《よみがえ》りの証《あか》しとしてフェニクスを用いた。プリニウスは、フェニクスの巣と灰を混合した丸薬の処方を示す医師たちを揶揄《やゆ》している。

＊――アドルフ・エルマン（一八五四 - 一九三七）ドイツのエジプト学者、辞書編纂《へんさん》家。

ヘリオポリス《太陽の都》の意の古代エジプトの市。

マニリウス　一世紀初期に活躍したローマの詩人。天文学と占星術についての未完の詩『アストロノミカ』五巻が現存する。

ラクタンティウス（二五〇頃 - 三三〇頃）ローマのキリスト教著作家。『神の教え』七巻など。

テルトゥリアヌス（一五〇頃 - 二二〇頃）カルタゴ生れのキリスト教著作家。『弁証論』『異端者たちへの抗弁』など。三位一体について《trinitas》という語を最初に用い、その他のラテン神学用語の基礎をつくった。

聖アンブロシウス（三四〇？ - 三九七）キリスト教教父、ミラノ司教。多くの聖書注釈や書簡を残しているが、むしろ実践活動の人だった。「アンブロシウス聖歌」と呼ばれる讃美歌集をつくったことでも知られる。

イェルサレムのキュリロス（三一五頃 - 三八六）イェルサレムの司教。この「聖都」をキリスト教徒の巡礼の中心地とすることに尽した。

フェルテ＝ベルナールの毛むくじゃら獣

ユイヌ川はこれといって波瀾《はらん》のない流れだが、中世にはこの堤《つつみ》に毛むくじゃら獣(La velue)という名で知られるようになった生き物が出没した。この動物は箱舟に乗せられなかったにもかかわらず、どういうわけかノアの洪水を生きのびた。大きさは牡牛ほどで、蛇の頭をもち、丸い体は長い緑色の毛に埋もれている。毛皮は針でおおわれ、これに刺されると致命傷となった。この獣にはまた、亀の足によく似たかなり幅広い蹄《ひづめ》があって、大蛇のような尾は人間も畜牛も殺すことができた。怒り狂うと、毛むくじゃら獣は炎を吐き、作物を枯らしてしまう。夜には馬小屋を襲った。農夫たちがこれを捕えようとするたびに、ユイヌ川のなかに隠れ、川岸や村に何マイルにもわたって洪水を引き起こした。

毛むくじゃら獣は無垢《むく》な生き物が好きで、乙女や子供を貪《むさぼ》り食った。若い女のうちでもいちばん純潔なもの、いわゆる牝小羊(L'agnelle)を選んだ。ある日、そういう牝小羊を待ち伏せして、ずたずたに切り裂かれて血まみれになったその小羊を川床の隠れ家へとひきずっていった。犠牲となった乙女の恋人がこの怪物の跡を追い、毛むくじゃら獣のたったひとつの急所である尾に刀で斬りつけ、それを真二つにした。獣は即死した。死骸《しがい》はミイラにされ、その死は笛や太鼓や踊りで祝われた。

＊——フェルテ＝ベルナール　フランス北西部、パリの南西にある地名。ユイヌ川はここを流れる。

ブラウニー

ブラウニーは人助けをする小人で、茶色がかった色合いをしていることからその名がある。スコットランドの農家を訪れて、一家が眠っているうちに家の雑事を片づけてしまうのが彼らの習性である。グリム童話にも同じテーマを扱った話がひとつある。有名な作家、ロバート・ルイス・スティーヴンソンはブラウニーに文学の手法を手ほどきしたといっている。ブラウニーたちは夢のなかに現れて、彼に不思議な物語をいろいろ語った。たとえばジキル博士が悪魔のごときハイド氏に変身する奇怪な話や、スペインの旧家の末裔《まつえい》オラーラが姉の手に嚙《か》みつくという話がそれである。

ブラク

イギリスの東洋研究家ジョージ・セイルの翻訳（一七三四）では、コーラン第十七章冒頭の詩句はつぎの語句から成っている。「彼を称《たた》えんかな、彼はその僕《しもべ》を連れて夜を逝《ゆ》き、聖なるメッカの寺院から、われらが周囲を祝福したるイェルサレムの遠き寺院まで旅して、われらがわれらの兆《しるし》のいくつかを彼に示すことができるようにとしたまいて……」注釈者によれば、称えられているのは神であり、その僕とはモハメッド、聖なる寺院はメッカの寺院、遠くの寺院はイェルサレムの寺院、そしてイェルサレムから預言者が第七天に運ばれた。この伝説の最古の諸版では、ムハンマドはひとりの人間あるいはひとりの天使に導かれる。のちの時代の諸版では、驢馬《ろば》より大きいが、騾馬《らば》より小さい天の駿馬《しゅんめ》を授けられる。この駿馬がブラクで、その名は「光り輝く」の意味である。『千夜一夜物語』の翻訳者リチャード・バートンによると、インドのイスラーム教徒たちが描くブラクの姿は、ふつうの人間の顔をしており、驢馬の耳、馬の体、孔雀《くじゃく》の翼と尾をもつ。

あるイスラーム伝説によれば、地面を離れるとき、ブラクは水瓶《みずがめ》をひっくり返す。預言者は途中それぞれの天でそこに棲《す》む家長や天使たちと語り合いながら、第七天に運ばれる。統一の川を渡ると、彼は寒さを感じて、神の手が肩に置かれたとき胸がひんやりとする。人間の時間は神の時間と比べ計られるものではないのだ。帰ったとき預言者は瓶《かめ》を持ち上げる。その水はまだ一滴もこぼれていなかった。

二十世紀スペインの東洋学者ミゲル・アシン・パラシオスは、一二〇〇年代ムルシア王国のとある神秘主義者のことを語っている。『慈悲あまねき王を訪ねる夜の旅の書』と題する寓意作品《アレゴリー》のなかで、この神秘主義者はブラクに神の愛の象徴を見る。別のところでアシン・パラシオスは、「心のけがれなきブラク」について語っている。

分身

鏡や水に映る姿と双生児に暗示もしくは触発されて、分身《ダブル》という観念は多くの国に共通のものだ。ピュタゴラスの「友はもうひとりの自己」とか、プラトン的な「汝自身を知れ」とかいう文句は、おそらくそれからの発想である。ドイツ語ではこの分身を《Doppelgänger》といい、「二重に歩く者」の意味である。スコットランドには《fetch》というのがあり、人間を死へ運ぶために連れに（to fetch）やってくる。《wraith》というスコットランド語もあって、人が死の間際《まぎわ》に見るという自分そっくりの姿を意味する。自分の姿に出会うのは、それゆえ不吉である。ロバート・ルイス・スティーヴンソンの「ティコンデロガ」という悲劇的バラッドは、このテーマの伝説を歌っている。ロセッティの風変りな絵（「彼らはいかにして彼ら自身に出会ったか」）もある。ふたりの恋人同士が、とある森の薄暗がりで自分たちに出食わすのである。ホーソーン（「ハウの仮面舞踏会」）、ドストエフスキー、アルフレート・ド・ミュッセ、ジェイムズ（「なつかしの街角」）、クライスト、チェスタトン（「狂人の鏡」）、ハーン

ロセッティ「彼らはいかにして彼ら自身に出会ったか」1851-60年

（『中国の幽霊』）などの例を挙げてもよいだろう。

古代エジプト人は、分身《ka》がその人間とまさしく瓜二つ《うりふた》で、同じ歩き方をし、同じ服を着ていると信じていた。人間だけではなく、神々や獣、石や木、机やナイフもおのおの分身《ka》をもっていて、神々の分身を見ることができ、神々によって過去と未来の出来事の知識を授けられたある種の僧のみが、それを見ることができた。

ユダヤ人にとっては、自分の分身の現れは差し迫った死を意味する不吉な徴《しるし》ではなかった。逆に、預言者の力を得た証《あか》しだった。そういうふうにG・G・ショーレムは説明している。タルムードに記されている伝説のひとつに、神を捜し求めて自分自身に出会う男の話がある。

ポオの「ウィリアム・ウィルソン」という物語では、分身は主人公の良心である。主人公はそれを殺し、そして死ぬ。同様に、ワイルドの小説のドリアン・グレイは自分の肖像画をナイフで突き刺し、自分の死に出会う。イェーツのいくつかの詩では、分身はわれわれのもうひとつの面、われわれと正反対のもの、われわれを補う存在、いまのわれわれでも将来のわれわれでもない存在である。

ギリシア人は王の特使に《もうひとりの自分》という名を与えた、とプルタルコスが記している。

＊――G・G・ショーレム（一八九七－一九八二）ベルリン生れで、のちにパレスチナに移住した。ユダヤ神秘思想の研究において現代最高の学者。『ユダヤ神秘思想の主なる傾向』、『カバラの起源』、『カバラとその象徴』など。

米国の動物誌

ウィスコンシンやミネソタの樵《きこり》の飯場のつくり話やほら話には、いくつか風変りな動物が登場する。もちろん誰もその存在を信じたことはない。

ハイドビハインドというのがいて、これはいつも何かの背後《ビハインド》に姿を隠《ハイド》している。人間がどっちの方向へ何度振りむこうとも、たえずその人の背後にいる。そういうわけでそれを言葉で描写できた者はいない。もっとも、数多い樵を殺して貪《むさぼ》り食ったとは信じられている。

それからローパライトがいる。この動物は小馬ほどの大きさである。ロープのような嘴《くちばし》をもち、これを使ってどんなにすばしこい兎でもつかまえる。

ティーケトラーは沸騰するやかん《ティーケトル》の音にたいへん似た音をたてるので、この名がある。湯気のようなものを口から発し、後ろに歩く。姿を見せたことはほとんどない。

アックスハンドル・ハウンドは手斧《ておの》型の頭と、柄の恰好《かっこう》の胴体と、切株のような足をもつ。この北部森林産ダックスフントは斧《アックス》の柄《ハンドル》しか食べない。

この地域の魚の一種に、陸上鱒《ます》がある。これは木に巣をつくり、空を飛ぶのがうまいが、水を恐れる。

もうひとつ、グーファングという魚がいて、水を見ないように後ろへ泳ぐ。「翻車魚《まんぼう》よりも多少大きい」といわれる。

グーファス鳥も忘れてはならない。これはさかさまに巣をつくり、後ろに飛び、どこにいたかということだけに関心があって、どこへいくかはまるで頓着《とんちゃく》しない。

ギリーガルーはポール・バニヤンの名高いピラミッド四〇の斜面に巣をつくり、その急な傾斜をころがって割れてしまわないように、四角い卵を産んだ。こういう卵を樵たちはたいへん欲しがった。固くゆでて、骰子《さいころ》に使ったのである。

最後に、尖頂山鳥《ピナクル・グラウス》がいて、翼がひとつしかなかった。そのために一方向にしか飛ぶことができず、円錐形の丘の頂《いただき》のまわりで弧を描くのみだった。羽根の色は季節によって、また見る者の条件によって変化した。

＊――ポール・バニヤン　アメリカ北西部の樵の間に伝わる伝説の巨人。つるはしを引きずってコロラドの大峡谷をつくったなど、さまざまなほら話《トール・テイル》がある。

ピラミッド四〇　正方形の底面が四〇エーカーある四角錐（四〇は四〇エーカーの意）。てっぺんが見えるまでに一週間かかり、バニヤンは配下の樵とともに一冬で十億フィートの材木を切り出したという。

ベヒーモス

紀元前四世紀には、ベヒーモスは象ないし河馬《かば》を巨大に仕立てたもの、もしくはこれらの動物を誤って大袈裟《おおげさ》に変えたものだった。今日では——まさしく——それを描写しているヨブ記の有名な十行の詩句（第四十章一五‐二四節）であり、またその十行が喚起する巨大な生き物である。残るは議論と言語学というわけだ。《ベヒーモス》という語は複数形である。学者によれば、《獣《けもの》》を意味するヘブライ語《b'hemah》の強調複数形である。フライ・ルイス・デ・レオンはその著『ヨブ記注釈』のなかでこう書いている。「ベヒーモスは《獣たち》を表すヘブライ語である。学者の通説によれば、これは象を意味し、その並み外れた大きさゆえにこう呼ばれる。たった一頭の動物であるにもかかわらず、複数に数えられているのだ」

創世記原典の冒頭の詩句において、神を意味するヘブライ語エローヒーム Elohím は、それが取る動詞の形が単数であるにもかかわらず、複数であるという事実も思い起こされる——*Bereshit bará Elohím et hashamáim veet haáretz.* ちなみに三位一体論者たちはこの矛盾を、神が三位一体であるという概念の論拠として用いてきた。

ラテン語訳ウルガタ聖書からのノックス神父による翻訳でその十行を引用する（第四十章一〇－一九節）。

ベヒーモスを見よ、なんじと同じくわれの創りしもので、牛の食《くら》うのと同じ草を食《くら》う。だが腰にあるその力、腹の中央にあるその勢い！　尾は西洋杉《シーダー》のように堅く、腿《もも》の筋はからみ合い、骨は青銅の管《くだ》のようで、軟骨は鋼板《はがねいた》のようだ。神の業《わざ》のいかなるものもこれと競い合うことができず、その創造者の手にあるいかなる武器もこれほど強くはない。すべての山々、ほかの獣たちの遊びの地に、これは貢物を納めさせ、沼の葦《あし》の生い茂る下にひそみ、その影を厚き大枝に覆われて、川縁《かわべり》の柳に囲まれている。あふれる川もこれは動ずることなく飲み、その開いた口にはヨルダンすらも戦《おのの》きを与えない。それはこの鼻に鋭い杙《くい》を突き通すとしても、誘《おび》き餌《え》のようにこの片目を魅するのみだ。

＊――フライ・ルイス・デ・レオン（一五二七－九一）　十六世紀スペイン最大の散文作家であり、またスペイン文学最大の詩人のひとり。サラマンカ大学で神学と聖書を講じ、一五七二年ラテン語訳の雅歌をスペイン語に訳したかどで、異端審問所により五年間投獄された。『キリストの御名について』、『完全な妻』などがある。

ロナルド・アーバスノット・ノックス（一八八八 - 一九五七）イギリスの聖職者、著作家。ウルガタ聖書の現代英語訳は、新約が一九四五年、旧約が一九四八 - 九年にそれぞれ完成されている。

ペリカン

日常動物学のペリカンは翼幅約六フィートの水鳥で、嘴《くちばし》は非常に長く、下嘴がふくらんで魚を捕える袋になっている。伝説のペリカンはもっと小さく、したがって嘴も短く鋭い。通俗語源学――《pelicanus》白い毛――に忠実なことに前者の羽根は白いが、後者のそれは黄色、ときには緑色である。（ペリカンの本当の語源はギリシア語の《わたしは斧《おの》で切る》からきていて、その大きな嘴が木つつきの嘴と混同されたからだ。）しかし恰好《かっこう》よりも風変りなのは、その習性である。

嘴と爪《つめ》とで母鳥は子供を愛撫し、そのいつくしみのあまり子供を殺してしまう。三日後に父親がやってきて、雛《ひな》たちの死を嘆き、自分の胸を爪で掻《か》きむしる。傷から流れる血が死んだ鳥たちを生き返らせる。これは中世動物物語集にある話だが、聖ヒエロニムスは詩篇第一〇二篇（「われは野のペリカンのごとし、われは砂漠の梟《ふくろう》のごとし」）の注釈で、雛鳥たちの死は蛇によるものだとしている。ペリカンが自分の胸を裂いて、子供に血を与えるというのは、この寓話のふつうの形である。

死者に生を与える血は聖餐《せいさん》と十字架を暗示する。それゆえ「天堂篇」(第二十五曲一一三)の有名な行《ライン》で、イエス・キリストは《nostro Pellicano》――人類のペリカン――と呼ばれている。イモラのベンヴェヌートによるラテン語注釈はこの点を強調する。「キリストがペリカンと呼ばれるのは、自分の胸の血で死んだ雛たちを生き返らせるペリカンのように、彼がわれわれの救済のために横腹を裂いたからである。ペリカンはエジプトの鳥である」

ペリカンは聖職者の紋章によく見られ、いまなお聖杯に彫られている。レオナルド・ダ・ヴィンチによる動物物語集は、ペリカンをこんなふうに描いている。

これは雛をたいへんに愛し、彼らが巣の中で蛇に殺されているのを見ると、自分の胸を掻きむしり、その血を浴びさせて生き返らせる。

ペリュトン

エリュトライのシビュラは、ローマの市《まち》が最後にペリュトンたちによって滅ぼされると予言したという。西暦六四二年、このシビュラの予言の記録はアレクサンドリアの大火で焼失した。九巻にのぼる黒こげになった断片を復原する仕事に取りかかった文法学者たちは、ローマの運命に関する特別な予言にはどうやら出会わなかった。

その後、このおぼろげに記憶されている言い伝えにもっと大きな光を投ずるような資料を発見することが必要だと考えられた。多くの変遷を経て、十六世紀にフェズ生れの律法学者《ラビ》（おそらくはヤコブ・ベン・カイム）が残した歴史論文のあることがわかった。そのなかで彼が引用している今日散佚《さんいつ》したギリシアの古典注解学者の著作には、アレクサンドリア図書館がウマルによって焼き払われる以前明らかにくだんの神託からとったペリュトンに関する史実がいくつか記されている。このギリシアの学者の名は今日伝わっていないが、その断片にはこうある。

ペリュトンはもともとアトランティスに棲《す》んでいたもので、半分は鹿、半分は鳥である。頭と足は鹿である。胴体は完全に鳥で、それにふさわしい翼と羽毛があり……

もっとも不思議な特徴は、太陽の光が当ると、それ自身の影ではなく人間の影を落とすことだ。このことから、ペリュトンは故郷を遠く離れ、神々にも顧みられることなく死んだ旅人の霊だとする説もある……

……そして乾いた土を食らっているところを見られ……群れをなして飛び……ヘラクレスの柱の上空、目もくらむような高さにいた。

……彼ら〔ペリュトンたち〕は人類の不倶《ふぐ》戴天《たいてん》の敵である。首尾よく人間を殺すと、影は彼ら自身の影となり、神の恩恵を取り戻す。

……そしてカルタゴ征服のためにスキピオとともに海を渡った者たちはあやうく難を免れた。というのは航海の途中、ペリュトンの群れが船に舞い降り、多くの者を殺したりずたずたに切り裂いたりしたからだ……われわれの武器がこれに何の効果もなくても、この動物——動物といえれば——は人間を少なくともひとりは殺してしまう。

……餌食《えじき》となった人間の血の海をころげまわり、それから力強い翼にのって空高く舞い上がる。

……最後に姿を見せたというラヴェンナでは、羽根の色が淡い青だったといわれており、濃い緑の羽根だと思っていたわたしには大きな驚きである。

こうした断片でもかなり明らかではあるが、しかし今日までペリュトンについてそれ以上の情報が伝わっていないのは惜しむべきことだ。この叙述をわれわれに残してくれた律法学者《ラビ》の論文は、第二次世界大戦の前まではドレスデン大学に保存されていた。この資料もまた消失したのは痛ましい。爆撃のためか、それともそれ以前にナチスが禁書に処したためかはわからない。いつの日かこの著作の別の写本が発見され、ふたたびどこかの図書館の書棚を飾ることを祈っておこう。

*――**シビュラ**　アポローン（ときにはほかの神）の神託を告げる巫女。本来は固有名詞だったが、前四世紀頃から複数で考えられ、ペルシアのシビュラ、リビアのシビュラなど、各地のシビュラが十人ほど数えられるようになった。

ウマル（五八六頃－六四四）　サラセン帝国の基盤をつくった第二代カリフ、ウマル一世のこと。六四〇年頃にアレクサンドリアを攻略し、将軍アムルーに命じてアレクサンドリア図書館の蔵書を焼き払わせた。

ヘラクレスの柱　ジブラルタル海峡の東の入口のふたつの岬（ユローパ岬とアルミナ岬）はギリシア時代にこう呼ばれ、アトラスがこれを支柱として天を支えているとされた。

スキピオ　大アフリカヌス（前二三六－一八四）、小アフリカヌス（前一八五－一二九）と称されたふたりがあり、ともに数多くの戦績を挙げたローマの政治家、将軍であるが、ここでは前一四六年にカルタゴを征服した後者を指すと思われる。大アフリカヌスのほうは前二〇九年に新カルタゴ（Carthago Nova）を攻略している。

ポオの想像した動物

一八三八年出版の『ナンタケットのアーサー・ゴードン・ピムの物語』において、エドガー・アラン・ポオは南極の島々の驚くべき、だが信ずべき動物誌を書いている。第十八章にはこうある。

われわれはとある茂みも掘り起こしてみた。そこにはさんざしのような真赤な実がたくさんあって、それに奇妙な恰好《かっこう》をした陸上動物の死骸《しがい》があった。それは体長が三フィートもあったが、四本の足は非常に短くて、背丈が六インチしかなかった。足には珊瑚《さんご》質でできているような、あざやかな深紅の長い爪《つめ》が生えていた。全身がまっすぐ伸びた絹糸のような毛で覆われ、完全な純白だった。尾は鼠《ねずみ》のそれのように尖《とが》っており、ほぼ一フィート半あった。頭は猫に似ていたが、耳だけは別で、それは犬の耳のように折れていた。歯は爪と同じくあざやかな深紅だった。

これに劣らず特異なのは、その南部に見られる水である。同じ章のむすびに近いところで、ポオはこう書く。

この水の奇異な性質ゆえに、われわれはそれが不潔なような気がして、飲んでみようとはしなかった。……この液体の性質を明確に伝えるとなると、わたしは困ってしまう。いくらでも言葉を連ねることになりかねないのだ。傾斜面ではふつうの水と同じように勢いよく流れるのだが、にもかかわらず、滝となって流れ落ちるとき以外は、透明という通常の外見を見せることがけっしてなかった。しかし、実のところ、それはいかなる石灰水にも劣らず完璧に透明で、違うのは外見だけだった。一見、とりわけほとんど傾斜のないところでは、濃度についていえば、それはふつうの水に濃いアラビアゴムを溶かしたものに酷似していた。だがこれはその並み外れた特質のなかでもいちばん目立たないものでしかない。無色ではなかったが、といって一様な色をしているのでもなかった——流れるときは、見ようによっては変化する絹の色合いのように、実に多様な紫色の影を呈した。……水瓶《みずがめ》にこれを汲んで、すっかり沈澱させておくと、この水全体がそれぞれ違った色の別々の筋《すじ》から成っていることに気付いた。それらの筋は混じり合わないのだ。そして同じ粒子どうしでは完全に結合しているが、隣り合わせの筋ではそうではなかった。そうした筋を斜めにナイフの刃で切ってみると、水はごくふつうに、すぐさまその上にかぶさってしまい、それにまた引き抜くと、ナイフを走らせた跡はすべてたちまちに消えてしまった。ところが正確にふたつの筋の間に刃を入れると、完全な分離が生じ、すぐには元どおりに結合する力がなくなるのだった。

墨猴《ぼくこう》

北方では珍しくないこの動物は、体長が四、五インチある。目は深紅、皮は漆黒《しっこく》で、絹のようにすべすべして、枕のように柔らかい。奇妙な本能がその特徴である――墨を好むのだ。人が座って書き物をしようとすると、この猿はそのそばに胡座《あぐら》をかき、手を重ね合わせてうずくまり、書き終るのを待つ。それから墨汁の残りを舐めつくすと、満足して静かに尻をついて座る。

――王大海『海島逸志』(一七九一)

＊――薄田泣菫《すすきだきゅうきん》『茶話』に「豆猿」がある。

ホチガン

大昔、南アフリカのブッシュマンにホチガンという男がいて、動物を憎んでいた。動物は当時、話す能力を授けられていたのだった。ある日、この男は動物たちの特別な天恵を盗み、行方をくらます。それ以来、動物は二度と口をきかなくなった。

デカルトは、猿はその気になればしゃべることができるのだが、沈黙しているほうが好きなので、働かせることができないと述べている。一九〇六年、アルゼンチンの作家ルゴーネスは、しゃべることを教え込まれ、その努力の無理がたたって死んでしまうチンパンジーの物語を発表している。

マルティコラス

プリニウス（第八巻三〇）にこうある。アルタクセルクセス・ムネモンの医師クテシアスによれば、エチオピア人の間に、

彼がマンティコラと呼ぶ動物がいる。歯が三列に並び、それが櫛《くし》の歯のようにかみあい、人間の顔と耳をもち、目は群青《ぐんじょう》、体は血の色をし、獅子《しし》の姿をして、尾の先端は蠍《さそり》のように棘《とげ》になっている。声は笛と喇叭《らっぱ》の音を合わせたようなものである。途方もなくすばしこくて、人間の肉が大の好物である。

フローベールはこの描写に手を加え、『聖アントワーヌの誘惑』の終りのほうでこう書いている。

マルティコラス、人間の顔をし、歯が三列に並んだ巨大な赤い獅子。

「わしの深紅の皮のきらめきは砂漠の砂の微光に融け込む。鼻の孔から、わしはこの世の寂しい地の恐れを吐き出す。口からは疫病《えきびょう》を吐く。軍隊が砂漠に入り込めば、それを食いつくす」

「わしの爪《つめ》は錐《きり》のように鋭く長く曲っており、歯は鋸《のこぎり》の歯のように磨ぎすまされている。休みなく動く尾は針でちくちくし、これをわしは左に右に、前に後ろに飛ばすのだ。見るがよい！」

マルティコラスが尾の針を飛ばして見せると、針は四方八方に矢のように広がった。血のしずくがしたたり落ち、木々の葉にふりかかった。

*——プリニウスにはマンティコラ manticora とあり、フローベールにはマルティコラス martichoras とある。

マンドレイク

バロメッツと同じく、マンドレイクの名で知られる植物は動物の王国の国境に位置する。引き抜くと声をあげるからだ。この叫び声を聞いた者は気が狂う。シェイクスピア(『ロミオとジュリエット』第四幕三場)にこうある。

そして大地から引き抜かれるマンドレイクのごとき金切り声、
生ける者がそれを聞けば気が狂い……

ピュタゴラスはこの植物を人間と同形同性を有するものと称した。ローマの農学者ルキウス・コルメラは半人間と呼んだ。アルベルトゥス・マグヌスは、マンドレイクは性別のあることまで人間そのものに似ていると記している。それ以前にもプリニウスが白いマンドレイクは牡で、黒いのは牝だと述べている。また、これを根こそぎ引き抜く者は、まず剣で地面に三つの円を描き、それから西を向くべしともいっている。

葉のにおいが強烈なために、言語能力を失ってしまうことがあるというのだ。『ユダヤ戦記』最終巻でフラウィウス・ヨセフスは、訓練した犬を使うことを勧めている。この植物を掘り出すと犬は死ぬが、葉は催眠薬、緩下剤、その他いろいろ不思議な効用がある。

人間の姿をしていると考えられたことから、マンドレイクは絞首台の下に生えるという迷信が生じた。サー・トマス・ブラウン（『伝染性謬見《びゅうけん》』一六四六年）は、絞首刑になった者の脂《あぶら》のことをいっている。ドイツのかつての人気作家ハンス・ハインツ・エーヴェルスは、絞首刑になった男の種が売春婦の体内に入って美しい魔女が生れるという着想をもとに小説（『アルラウネ』一九一三年）を書いた。ドイツ語でマンドレイクはアルラウネ《Alraune》である。古くは《Alruna》で、もとは「ささやき」とか「ざわめき」を意味した《rune》からできた語である。したがって（スキートによれば）、「謎《なぞ》を……書かれたるものを」意味した。「なぜなら記される文字は少数にしか知られていない謎と見なされていたからである」。おそらくもっと単純に、目に見える印が音を表すという考えに北欧人は驚いて、それを謎としたのであろう。

創世記（第三十章一四―一七節）に、マンドレイクの生殖力についてこういう興味ぶかい話がある。

そしてルベンは麦刈りの日に出かけて野にマンドレイクを見つけ、母レアのもとへ持ち帰った。するとラケルがいった、あなたの息子のマンドレイクをどうかわたしにください。レアはラケルにいった、あなたがわたしの夫を奪ったのは小さいことでしょうか、そしてまた息子のマンドレイクも取っていこうとするのですか。するとラケルがいった、だからあなたの息子のマンドレイクの代わりに今夜あのひとがあなたといっしょに寝るようにしましょう。

そしてヤコブが夕方野から帰ってくると、レアがそれを迎えに出てこういった、あなたはわたしのところに入らなくてはなりません、わたしの息子のマンドレイクで確かにあなたを雇ったのですから。そこで彼はその夜彼女と寝た。

そして神はレアの願いを聞き、彼女は身籠《みご》もって、ヤコブに五番目の子を生んだ。

十二世紀に、ドイツ系ユダヤ人のあるタルムード注解者がこういう一節を書いている。

太紐《ふとひも》のごときものが地中の根から生えてきて、かぼちゃかメロンのようなその太紐のへそに、ヤドゥアという動物がくっついている。しかしこのヤドゥアは顔、体つき、手、足、あらゆる点で人間に似ている。紐の届くかぎり、これはあたりのものをすべて根こそぎにして殺してしまう。紐は矢で断つのがよく、するとこの動物は死ぬ。

医師ディオスコリデス（二世紀）はマンドレイクをキルケアー、すなわちキルケーの草と同一視している。この草については『オデュッセイア』第十書にこうある。

根は黒かったが、花はミルクのようだった。神々はモーリュとこれを呼び、死すべき運命の人間には掘るのはむつかしかった。だが神々は全能だった。

＊――ルキウス・コルメラ　一世紀、セネカとほぼ同世代の人で、同じくスペインの出。『農業論』十二巻、『植樹論』がある。

アルベルトゥス・マグヌス（一二〇〇頃―一二八〇）シュヴァーベン（中世ドイツの公爵領）生れのスコラ哲学者、神学者。「全科博士《ドクトル・ユニウエルサリス》」と呼ばれたように博学で、博物誌にも造詣が深かった。

フラウィウス・ヨセフス（三七頃―九七頃）ユダヤ祭司貴族出身の年代記作者。ほかに『ユダヤ古誌』『ユダヤ年代記』『自伝』など。

rune ルーン文字。二世紀頃から古代チュートン人、とくにスカンディナヴィア人やアングロサクソン人が用いた神秘的な文字。

創世記…… 日本語訳聖書ではマンドレイクを「恋茄《こいなす》」と訳している。

ディオスコリデス ボルヘスは二世紀と書いているが、おそらく五〇年頃に活躍したギリシアの医師で、薬用植物について記述した最初の人、ペダニオス・ディオスコリデスのことと思われる。その著『薬物学』は十五、六世紀にいたるまで薬学の権威書とされた。

ミノタウロス

人がなかで迷ってしまうようにつくられた家というのは、おそらく牡牛の頭をもつ人間というもの以上に奇怪だが、その双方はうまく調和し、迷宮のイメージはミノタウロスのイメージとしっくり合う。怪物的な家の真中に怪物的な住人がいるというのも、同様に似つかわしい。

半牛半人のミノタウロスは、ポセイドーンが海から送った白い牡牛に対してクレータの女王パーシパエーが抱いた、狂おしい情熱から生れた。女王の異常な欲求を満足させる木の牝牛をこしらえたダイダロスは、彼女の怪物的な息子を閉じ込めて隠しておくための迷宮を建てた。ミノタウロスは人間の肉を食い、この餌にするためにクレータの王はアテナイの市《まち》から毎年七人の少年と七人の乙女を貢として取った。テーセウスはみずからがミノタウロスの飢えの犠牲となる運命となったとき、この重荷から自分の国を解き放つ決心をした。王の娘アリアドネーは、彼が跡をたどって紆余曲折《うよきょくせつ》たる迷宮の回廊から出られるようにと、彼に糸玉を与えた。英雄はミノタウロスを殺し、無事に迷路を脱した。

オウィディウスは気のきいたつもりのとある行《ライン》で、《Semibovemque virum, semivirumque bovem》(「半牛の人、半人の牛」)と書いている。ダンテは古代人の著作に馴染《なじ》んではいたが、その貨幣や建物には疎《うと》く、ミノタウロスが人間の頭をもち牡牛の体をしていると想像した(「地獄篇」第十二曲一-三〇)。

牛と諸刃《もろは》の斧《おの》(これは《labrys》といい、迷宮《labyrinth》の語源だったらしい)に対する崇拝は、聖なる闘牛の慣習があった前ギリシア宗教の特徴だった。壁画から判断すると、牛の頭をもつ人間の姿はクレータの悪魔学においてひときわ目立つものだった。おそらくは、ギリシアのミノタウロス物語ははるか古い神話をのちに不器用につくりかえたもの、もっと恐ろしさに満ちた別の夢の影であろう。

ミルメコレオ

ミルメコレオは、フローベールがつぎのように定義している想像しがたい動物である。「体の前半分は獅子《しし》、後ろ半分は蟻《あり》で、生殖器が逆向きについている」。この怪物の歴史がまた奇妙だ。聖書（ヨブ記第四章十一節）にはこうある。「老いたる獅子、獲物なくして亡ぶ」。ヘブライ語原典では獅子が《layish》となっている。この語が獅子を表すのは珍しく、同じように珍しい翻訳を生み出したらしい。七十人訳ギリシア語聖書が、アイリアノスやストラボンがミュルメクス《myrmex》と呼んだアラビアの獅子に立ち戻って、《ミュルメコ獅子》という語をつくりだしたのだ。ミュルメクスはギリシア語で蟻を意味する。「蟻獅子、獲物なくして亡ぶ」という妙な文句から幻想物語《ファンタジー》が生れ、それを中世の動物物語集が上手にふくらましていった。（以下T・H・ホワイトの翻訳による。）

フィシオロゴスにこうある。それは顔（あるいは体の前半分）が獅子で、体後ろ半分は蟻である。父親は肉を食うが、母親は穀類を食う。それでもし蟻獅子が生れれば、ふたつの性質をもったものが生れる。つまり母親の性質のために肉を食わず、父親の性質のために穀類を食わない。それゆえ、栄養がとれないために亡ぶ。

八岐大蛇

高志《こし》の八岐大蛇《ヤマタノオロチ》は、日本の天地開闢《かいびゃく》神話においてとくに名高い。頭が八つ、尾が八本あった。目はほおずきの実のように真赤で、背には松や苔《こけ》が生え、ひとつひとつの頭には樅《もみ》が芽を出していた。這《は》うと、八つの谷と八つの丘にまたがって伸び、腹にはいつも血糊《ちのり》がついていた。七年間のうちに、この獣は一国の王の娘である七人の乙女を食べてしまっており、八年目に末娘の櫛名《クシナ》田《ダ》姫《ヒメ》を食べようとしていた。姫を救ったのが素戔嗚尊《スサノオノミコト》という神である。この英雄《ナイト》は八つの入口のある円形の垣根をつくり、それぞれの入口に八つの台をこしらえた。この台の上に、米でつくった酒の槽《おけ》を置いた。八岐大蛇がやってきて、それぞれの槽に首を突っ込んで酒を飲み、まもなくぐっすり眠ってしまう。そこで素戔嗚尊は首を全部切り落とした。首からは血の川が流れた。大蛇の尾のなかにあった剣は、今日にいたるまで熱田《あつた》神宮に祀《まつ》られている。この出来事のあった山は昔は大蛇の山といったが、いまでは八雲の山という。日本で八という数は不思議の数であり、多数を表す。エリザベス朝イギリスでは四十という数がそうだった（「やがて四十の冬がきみの額を攻め囲んで」）。日本の紙幣はこの大蛇退治を記念している。

救った者が救われた者と結婚したことはいうまでもない。ギリシア神話でも、ペルセウスがアンドロメダーと結婚する。

古代日本の天地開闢《かいびゃく》と神々の系譜の英訳（『日本人の聖典』）のなかで、ポスト・ウィーラーはギリシア神話のヒュドラー、ゲルマン神話のファーヴニル、エジプトの女神ハトホルの同類の伝説をも記している。ハトホルにはある神が血のように赤い酒を飲ませてこれを酔わせ、人類の滅亡を救った。

*――「やがて四十の冬……」　シェイクスピア『ソネット』二番第一行。

日本の紙幣……　第十五国立銀行紙幣弐拾圓券には、表右側に素戔鳴尊、表左側に大蛇退治の図がある。

ペルセウス　ゼウスとアルゴス王アクリシオスの娘ダナエーとの子。エチオピアの王女アンドロメダーが海の怪物の餌食《えじき》に供えられているのを見て、彼女に恋し、これを救って妻にした。

ポスト・ウィーラー（一八六九－一九五六）　アメリカのジャーナリスト、外交官、作家。『ロシアの不思議な物語』（一九一〇）、『アルバニアの不思議な物語』（一九三六）などがある。

ファーヴニル（＝ファフニール）　フレイズマルの子で、アンドヴァリという小人の国の財宝を手に入れた父とふたりの兄弟を殺し、みずからその所有者となる。財宝を守るため竜に身を変えるが、英雄シグルズに殺される。（これはエッダ「ファーヴニルの歌」に歌われている。）

ハトホル　愛と美の女神であるが、ほかの女神のほとんどと同一視される。ハトホルという名は「ホールス（イシスとオシリスの息子）の家」の意。

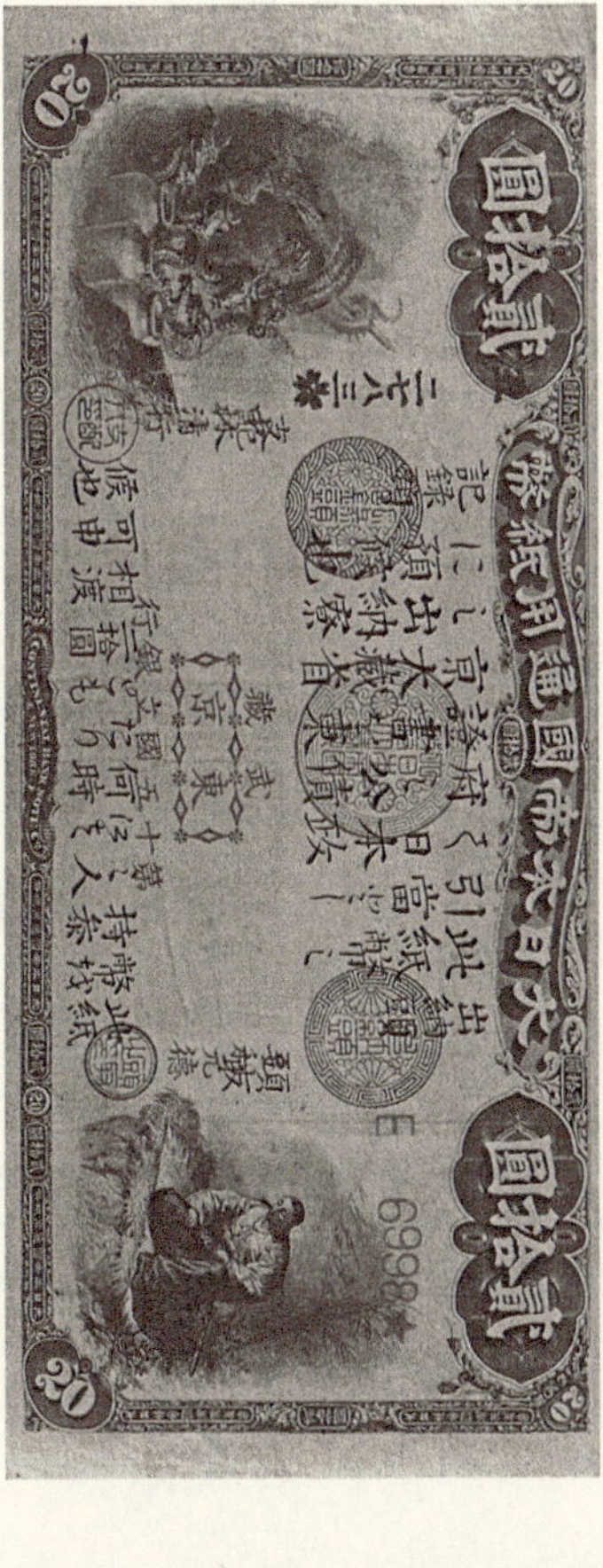

第十五国立銀行紙幣弐拾圓券

ユーウォーキー

『イギリス文学小史』のなかで、セインツベリーは、空を飛ぶ少女ユーウォーキーが十八世紀小説のもっとも魅惑的ヒロインのひとりだとしている。半女半鳥、あるいは――ブラウニングが亡き妻エリザベス・バレットのことを書いたように――半天使半鳥である彼女は、両腕をひらいてそれを翼にすることができ、絹のごとき和毛《にこげ》に全身を覆われている。南海の海に取り残された小島に住んでいるが、そこに難破した水夫ピーター・ウィルキンズが彼女を見つけて結婚する。ユーウォーキーはゴーリー（つまり空を飛ぶ女）で、グラムという名の飛翔人種に属している。ウィルキンズは彼らをキリスト教信者に改宗し、妻の死後、ふたたびイギリスへ無事に戻る。

この奇妙な恋の物語はロバート・ポールトックの小説『ピーター・ウィルキンズ』（一七五一）にある。

＊――セインツベリー（一八四五－一九三三）　イギリスの文学史家、批評家。イギリス文学史、

フランス文学史において業績を残し、伝記、評論などの著書も多い。『イギリス文学小史』は一八九八年に刊行。

ロバート・ポールトック（一六九七－一七六七）本職は弁護士だった。『コーンウォールの男、ピーター・ウィルキンズの生涯と冒険』は『ロビンソン・クルーソー』の亜流をいった小説。

ユダヤの悪魔たち

肉の世界と霊の世界との間に、ユダヤ人の迷信は天使と悪魔の住む中間の地を想像した。そこに住む天使と悪魔の数は算術の限界のとうていおよばないものとなった。幾世紀にもわたって、エジプトやバビロニアやペルシアがすべてこの充満した中間の世界を豊かにしていったのだ。おそらくキリスト教の影響のために（と、トラハテンベルクはいう）、悪魔学、すなわち悪魔の伝承研究は天使学、すなわち天使の伝承研究ほど重要ではなくなった。

しかしたとえば真昼と灼熱《しゃくねつ》の夏の王、ケテブ・メレリがいる。登校途中の子供たちがこれと出会ったことがある。ふたりを除き、全員が死んだ。十三世紀にユダヤの悪魔学はラテン、フランス、ドイツの侵入者たちによってふくれあがった。この侵入者たちは、タルムードに記されている原住民たちと完全に統合されてしまったのだ。

雷神、ハオカー

ダコタ・スー族の間では、ハオカーは雷鼓《らいこ》を打つ撥《ばち》に風を用いた。角の生えた頭は狩猟神である印でもあった。ハオカーは楽しいときには泣き、悲しいときには笑った。暑さにふるえ、寒さには汗をかいた。

*——ほぼ同じ記述が Egerton Sykes : *Dictionary of Non-Classical Mythology* にある。

ラミアー

ギリシア人やローマ人によると、ラミアーはアフリカに棲《す》んでいた。腰から上は美しい女の姿で、腰から下は蛇だった。これを妖術師と見なす説も多かったが、邪悪な怪物とする説もある。ラミアーたちは話す能力をもたなかったが、音色のよい口笛を鳴らし、砂漠では旅人をだまして貪《むさぼ》り食った。遠くさかのぼれば生れは神聖で、ゼウスの数多い愛人のひとりを祖先にもつ。『憂鬱《ゆううつ》の解剖《かいぼう》』（一六二一）の恋愛を論じた個所で、ロバート・バートンはこう書いている。

フィロストラトスは『アポロニオス伝』第四の書においてこの種の銘記すべき一例を挙げており、ここで割愛することはできない。メニッポス・リュキオスなる二十五歳の若者がケンクレヤとコリントスの間を歩いていると、美しい貴婦人の装いをした亡霊に出会った。この女は彼の手を引いて、コリントスのはずれにある家へ連れていき、自分はフェニキアの生れだと告げ、いっしょに暮らしてくれるなら、彼女の歌を聴きながら遊んで過ごすことができ、誰も飲んだことのない酒が飲め、しかも誰にもわずらわされることはないといった。しかし美しくて愛らしい自分は、美しくて愛らしい彼と生きるも死ぬもいっしょなのだともいった。この若者は哲学者で、ほかの場合なら思慮ぶかく道理をわきまえ、情熱を抑えることができたが、この恋心は抑えがたく、しばらくいっしょの暮らしを大いに楽しみ、ついにこの女と結婚することとなった。結婚式に招かれた客のなかにアポロニオスがあり、彼はいくつか可能な推測をすることによって女が蛇、ラミアーであることを見破り、女の家具調度すべてがホメロスの描いたタンタロスの黄金のごとく、実体のない幻影にすぎないと見てとった。なじられると、女は泣き、アポロニオスに黙っていてくれと哀願したが、彼は動かされなかった。すると女も料理も家も、一切が一瞬のうちにかき消えた。ギリシアの真々中《まんまんなか》で起こったことなので、この事件は数千の人間が目撃した。

死の少し前、ジョン・キーツはバートンを読んで心を動かされ、長詩「ラミアー」を書いた。

＊**――ロバート・バートン**（一五七七－一六四〇）　イギリスの牧師、著述家。『憂鬱の解剖』は

医書として書かれたものだが、奇書、珍本からの引用にとみ、雑学の宝庫とでも称すべき作品。

フィロストラトス　ギリシアのフィロストラトス家の四人の弁辞家をいうが、ここでは四人のうち最も有名なフラウィウス・フィロストラトス（一七〇－二四四／九）のこと。『アポロニオス伝』は一世紀の有名なピュタゴラス派の神秘主義者の東洋的驚異にみちたロマン的な伝記と書簡集。

両頭蛇

『パルサリア』（九巻七〇一－二八）に、カトー麾下の兵士たちがアフリカの焼けつくような砂漠を行軍中に出会った実在、架空の爬虫類《はちゅうるい》が列挙されている。そのなかに、「道を分かち裂きて進みゆくその尾に甘んじたる」（もしくは十七世紀のあるスペイン詩人のいうように、「棍棒《こんぼう》のごとく突っ立ちて進みゆく」）パレアスや、投槍《なげやり》のように木立の中から飛び出し、「両方の頭で前進する危険な両頭蛇」ヤクリーがある。プリニウスはほぼ同じ語句を使って両頭蛇を記述しているが、「その毒液すべてを吐き出すにはひとつの口では足りないかのように」と付け加えている。ブルネット・ラティーニの『テゾーロ』――第七獄《ごく》でラティーニが昔の弟子に勧めている百科事典――は、もっと長くてわかりやすい。「両頭蛇は頭がふたつある蛇で、そのひとつは然るべきところに、もうひとつは尾にある。両方で嚙《か》みつくことができ、敏捷《びんしょう》に走り回ることができ、その目はろうそくの炎のごとくぎらぎら輝く」。サー・トマス・ブラウンは『俗な誤謬《ごびゅう》』（一六四六）のなかで、上下、前後、左右のないような生き物はいないと書いている。そして彼は両頭蛇の存在を否定して、「なぜなら両端に感覚器官を置けば両端が前方であることになり、これは不可能なのだ……それゆえ、両端に頭をひとつずつ置くというこの重複は下手なこしらえものだった……」と述べている。両頭蛇《amphisbaena》とはギリシア語で《両方向へ行く》という意味である。アンティール諸島やアメリカの一部の地方では、この名称がふつう《doble andadora》(両方向へ行くもの)、《二頭蛇》、《蟻《あり》の母》などという名で知られる爬虫類の呼び名となっている。蟻たちがこれを養っているともいわれる。半分に切られても、そのふたつが元通りに結合するともいわれる。

両頭蛇の医薬的な特性を有名にしたのはプリニウスである。

＊――ブルネット・ラティーニ(一二二〇頃 - 九四) フィレンツェの学者、政治家。『テゾーロ』は彼がパリへ亡命していたときに著した。ダンテの『神曲』「地獄篇」第十五曲第七獄に「自然に背く者」として登場する。「昔の弟子」とはダンテのことだが、ラティーニは若きダンテの友人として感化を与えたものの、師ではなかったのが事実だとされている。『テゾーロ』を勧めるくだりは第十五曲一一八 - 一二〇行。

アンティール諸島 西インド諸島に属する列島。

リリス

「イヴの前にリリスありしゆえなり」と、ある古いヘブライの原典に書かれている。この伝説に動かされて、イギリスの詩人ダンテ・ガブリエル・ロセッティ（一八二八－八二）は「エデンの木陰」という詩を書いた。リリスは蛇だった。この女はアダムの最初の妻で、

森と水のなかにてとぐろ巻く姿、
光きらめく息子たちとまばゆき娘たち

をアダムに与えた。神がイヴをつくったのはそののちである。リリスは人間の形をしたアダムの妻に復讐《ふくしゅう》するために、イヴをそそのかして禁断の実を味わわせ、アベルの兄でアベルを殺したカインを身籠《みごも》らせた。ロセッティが模倣し改作した神話の初期の形は、そのようなものである。中世の間に、夜の意のヘブライ語《layil》の影響で、

この神話は新たな転換をした。リリスはもはや蛇ではない。夜の化身となったのだ。ときには人間の生殖を統《す》べる天使であり、ときにはひとり眠る者や寂しい道を旅する者に襲いかかる悪魔となる。民間の想像では、長い黒い乱れ髪をした背の高い寡黙《かもく》な女である。

ルフ

ルフ（ときにはロクともいわれる）は、鷲《わし》もしくは禿鷹《はげたか》を非常に巨大にしたものである。インド洋か中国まで風に吹かれて飛んでいったコンドルを見て、アラビア人がそれを思いついたという説もある。レインはその考えを斥《しりぞ》け、これが「伝説上の属の伝説上の種」、つまりペルシアのシムルグと同意語だと見なす。ルフは『千夜一夜物語』を通して西洋に知られている。シンドバッドは（第二の航海で）船の仲間からひとり島に取り残されて、

空高くそびえ、周《まわ》りが途方もなくある白堊《はくあ》の大伽藍《がらん》を見つけた。わたしはぐるりと一巡りしたが、入口がまるでなかった。それに表面が実につるつると滑りやすいので、ふんばりもきかないし、器用なまねもできなかった。そこでわたしは立っていた場所にしるしをつけ、伽藍をひとまわりして周囲を測ったところ、たっぷり五十歩あった。

まもなく大きな雲が太陽をおおい隠し、

顔をあげてみると……雲は一羽の巨大な鳥にほかならなかった。たいへんな胴まわりと並みはずれた幅の翼で……

この鳥がルフで、白堊の伽藍とはもちろんその卵だった。シンドバッドはこの鳥の足にターバンで体をくくりつけ、翌朝ひょいと大空を運ばれて、ルフに気付かれずにとある山頂に降りることができた。話し手はさらに、ルフは「象をも一呑みにしてしまう」くらい巨大な蛇を食らうと語る。

マルコ・ポーロの『東方見聞録』(第三巻三六)にはこうある。

この島〔マダガスカル〕の人々の言い伝えによると、ある季節にルフと呼ばれる途方もない類の鳥が南方からやってくる。姿は鷲に似ているというが、大きさは比べものにならない。実に巨大で力があり、象を爪《つめ》で掴《つか》まえて空高く持ち上げ、そこから地上に落として殺し、その死骸《しがい》を餌食《えじき》とする。この鳥を見たという者の話では、翼を広げると、端から端まで長さが十六歩ある。羽根の長さは八歩あり、それに釣り合って厚い。

マルコ・ポーロは、中国から使者がルフの羽根を成吉思汗《ジンギスカン》のもとへ持ち帰ったとも付け加えている。レイン版のペルシア人による挿し絵では、ルフが嘴《くちばし》と爪とで三頭の象を摑んで飛んでいる。「その比率は鷲と野鼠《ねずみ》くらいである」とバートンは注釈している。

レヴィアサンの末裔

ドミニコ会修道士ヤコブス・デ・ウォラギネが十三世紀に著した聖人伝『黄金伝説』は、今日でこそ顧みられなくなったが、中世においては繰り返し愛読されたもので、多くの興味ぶかい伝承が入っている。この書は数多くの版と翻訳が出て、そのひとつにウィリアム・カクストンの印刷した英訳がある。チョーサーの「第二修道女の話」はラテン語版『黄金伝説』に素材をとっている。ロングフェローもまたヤコブスの書に動かされ、三部作『クリストゥス』のひとつに『黄金伝説』という題をつけている。

ヤコブスの中世ラテン語から、聖マルタの章を一部訳出する。

その頃、アルルとアヴィニヨンの間を流れるローヌ川上流のとある森に、半獣半魚の竜がいて、これは牡牛よりも大きく、馬よりも体長があった。剣のような恰《かっ》好《こう》で角のように先の尖った一対の牙をそなえ、川に潜み、通りかかる者を皆殺しにし、船を沈めた。しかしこれはもともと小アジアのガラティアの海からきたものので、すべての水蛇のなかでもっとも獰猛《どうもう》であるレヴィアサンと、その地の海辺では珍しくない野生の驢馬《ろば》の間に生れた。……

＊――ヤコブス・デ・ウォラギネ（一二三〇頃－九八頃）ジェノヴァの大司教をつとめ、敬虔《けいけん》と篤信《とくしん》で知られたが、今日ではラテン語で書かれた『黄金伝説』の編者として有名。
ウィリアム・カクストン（一四二二頃－九一）イギリス最初の印刷業者。みずから英訳した『黄金伝説』を一四八三年に出版。

レムレース

古代人は人間の魂が死後世界中をさまよい、人々の平和を乱すものと考えた。善き霊魂は家と家族の神ラレース・ファミリアレスと呼ばれ、邪悪な霊魂はラルウァイ、もしくはレムレースの名で知られた。彼らは善人をおびえさせ、邪悪で不信心な者にいつも取り憑《つ》いた。ローマ人はこれのために五月、レムーリアまたはレムーラーリアという祭りを催《もよお》すならわしがあった。この祭りは初めロームルスが弟レムスの霊を慰めるために行なったもので、そこからレムリア《Remuria》と呼ばれ、なまってレムーリア《Lemuria》となった。儀式は三晩つづき、そのあいだ神々の寺院は戸をとざし、結婚式は禁じられた。ふつうは死者の墓に黒い豆を投げつけるか、あるいは豆を焼いた。レムレースにはそのにおいが辛抱できないとされていたためである。呪文を唱えることをしたり、また、やかんや太鼓を打ち鳴らせば亡霊たちが退散し、地上の親戚をおびえさせにやってくることはなくなるとも信じられていた。

——レンプリエア『古典辞典』

*——ロームルス　ローマ伝説のローマ建設者、初代の王。レムスと双児の兄弟。

レモラ

レモラはラテン語で《遅延》ないし《障害》の意である。それがこの語の厳密な意味で、エケネイス、すなわち船に吸着してそれをしっかりと押さえてしまう力があるという吸着魚《サッキング・フィッシュ》(和名は小判鮫)の類に比喩《ひゆ》的に用いられた。レモラは青白い色の魚である。頭のてっぺんに軟骨の吸盤があり、それで真空をつくって水中のほかの生物に吸着することができる。この魚の力をプリニウスはこう称《たた》える(第九巻四一)。

岩かげに出没するレモラというたいへん小さな魚がある。船底に吸いついて船の速度を鈍らせるといわれ、そこからこの名がつけられた。そうした理由で、これは愛の妖術を使うとか、法廷で訴訟を妨害する呪文のはたらきをするとかいった悪評もあるが、そういう非難の埋め合わせとして、妊婦の子宮の出血を止め、子供を出産の時までとどめておくという称揚すべき特性を有する。しかしこれは食用にはされない。足があるという説もあるが、アリストテレスはこれを拒否し、ひれが翼に似ていると述べている。

（プリニウスはつづいてムレクス、つまり帆をいっぱいに張って走る船をとめてしまうという骨貝《ほねがい》の類について記している。「……体長一フィート、幅四インチで、船の進むのを妨げ、さらに……塩漬けにすると、それをもっていけばどんな深い井戸に落ちた金でも引き出す力がある。」）

船の進行を妨げるという説から、いかにしてレモラが訴訟の遅延、のちに出産の遅れとむすびつけられるにいたったかは不思議である。別のところでプリニウスは、艦隊を率いるマルクス・アントニウスのガレー船を遅らせて、アクティウムの海戦でローマ帝国の運命を定めたレモラのことや、四百名の漕《こ》ぎ手の努力にもかかわらずカリグラの船をとめたレモラのことを書いている。「風は吹き、嵐は荒れ狂い」とプリニウスは高らかに語る、「だがレモラはその怒りに打ち勝ち、船をしっかりと押さえ、どんな重い錨《いかり》も、どんな太い綱も成就しえないことを成就する」。

「いかに強大な権力もあまねく支配することはない。小さなレモラに船がとめられることもある」と、すぐれたスペイン作家ディエゴ・デ・サアベドラ・ファハルドは、『政治の標章』（一六四〇）で繰り返している。

＊――アクティウムの海戦　アクティウムはギリシアのアンブラキア湾入口にある岬。この沖で前三一年、アントニウスはカエサルの養子オクタウィアヌスと戦い、クレオパトラとともにエジプトへ逃れた。

カリグラ（一二 - 四一）　ローマ皇帝（在位三七 - 四一）。

ディエゴ・デ・サアベドラ・ファハルド（一五八四 - 一六四八）　スペインの外交官、文人。『政治の標章』は反マキャヴェリズムの立場を標榜したもの。

レルネーのヒュドラー

テューポーン（タルタロスとガイアのできそこないの息子）と半美女で半蛇のエキドナとによって、レルネーのヒュドラーが生れた。「ディオドロスによれば頭が百、シモニデスによれば五十、アポロドロス、ヒュギヌスその他のより受け入れられている説によれば九つあった」と、レンプリエアは記す。しかしこの獣《けもの》がもっと恐ろしいのは、首をひとつ切り落とされると、すぐさまその場所からさらにふたつの首が生えることだ。その首は人間に似ていて、真中の首は不死である。ヒュドラーの息は水を有毒にしてしまい、野を褐色に変えた。眠っていても、まわりの空気の汚れで人間の死ぬこともあった。ユーノーがヘラクレスの名声を減じようと、ヒュドラーを育てた。

この怪物は不死の運命を定められていたようだ。住処《すみか》はレルネーの湖に近い沼地にあった。ヘラクレスとイオラーオスがこれを捜しに出かけた。ヘラクレスがその首を撥《は》ね、イオラーオスが焼けた鉄を血のふき出る傷口に当てた。新しい首が生えてくるのをとめられるのは、火だけだったからだ。最後の首、不死の首をヘラクレスは巨大な丸石の下に埋めた。その場所にその首は今日まで残っていて、憎しみの念に燃えながら夢を見ている。

その後の怪物退治でヘラクレスは、ヒュドラーの胆汁《たんじゅう》に浸した毒矢を用いて、相手に致命傷を負わせた。

大蟹《かに》がヒュドラーの助けにやってきて、この多頭怪物と闘っているヘラクレスの踵《かかと》を挟《はさ》んだが、ヘラクレスはこれを踏み殺した。ユーノーはこの蟹を天空に置いた。それがいまは星座となり、巨蟹宮《きょかいきゅう》となっている。

＊――テューポーン　テュポーエウスともいう。人間と獣との混合である巨大な怪物。

タルタロス　ガイアの子。母と交わってテューポーンの父となった。

ガイア　ゲーともいう。大地の女神。

エキドナ　ほかに地獄の番犬ケルベロス、キマイラ、スフィンクス、ネメアの獅子、プロメテウスの肝を食った鷲など、数多くの怪物の母。

ディオドロス　紀元前一世紀末のシチリアの歴史家。『図書館』と呼ばれる四十巻の世界史を著し、十巻余りが残存している。

シモニデス（前五五六頃‐四六八）　ギリシアの大叙情詩人。

ヒュギヌス　紀元前二五年頃に活躍したローマの著作家。オウィディウスの友人。ウェルギリウスの詩の注釈などがある。

ユーノー　ギリシアのヘーラーと同一視されるローマ最大の女神。

六本足の羚羊

陸を駈《か》け、空を飛び、冥府《めいふ》へも降りていくオーディンの馬、葦毛《あしげ》のスレイプニルには八本の足があった（というか、邪魔《じゃま》になった）という。シベリア神話では最初の羚《れい》羊《よう》は六本足だとしている。足が六本もあるので、捕えるのは困難、もしくは不可能だった。神の狩人トゥンク＝ポクは、とある聖木の木片で特別なスケートをこしらえた。スケートもたえまなく軋《きし》む音を発するこの木片は、犬が吠えるので見つけたものだった。スケートも軋む音を発し、矢のような速さですべった。滑走を操る、というか制するために、別の魔法の木の木片でつくった止め《ブロック》をそのスケートに打ち込む必要があった。天空くまなく、トゥンク＝ポクは羚羊を追った。羚羊は疲れはて、地上に落ちた。トゥンク＝ポクは最後部の二本の足を切断した。

「人間は」とトゥンク＝ポクがいった。「日毎に小さく虚弱になる。彼らにどうして六本足の羚羊が狩れようか、わしですらやっとのことなのに」。

その日以来、羚羊は四つ足となった。

＊――トゥンク＝ポク　Gertrude Jobes: *Dictionary Of Mythology, Folklore and Symbols* によれば、オスチャーク族（シベリア西部とウラル地方に住むフィン族系の一族）の神話で、天神の息子。天空で一匹の大きな原初の牡鹿を追い回した。牡鹿が命乞いをすると、天神は牡鹿を巨石に変えた。トゥンク＝ポクの追った跡が天空に残り、天の川となった。

解説

ホルヘ・ルイス・ボルヘス、あるいはアダムの肋骨《ろっこつ》とゴグと主キリストと学識

ホルヘ・ルイス・ボルヘスはイギリス文学（一説にはギリシア・ローマ文学、一説にはたんに文学）を父とし、神学と神秘思想の血を引く形而上学を母としてアルゼンチンのブエノスアイレスに生れた巨大な怪物である。

この書淫《しょいん》の怪物はつねに図書館に住み、ありとあらゆる類の書物を貪《むさぼ》り食い、それをことごとく記憶の胃液にとかして想像力の臓腑《ぞうふ》を養い、そしてめったに忘却の排泄《はいせつ》をしない。その異化作用は驚くべきもので、たとえば酒、女、決闘、投獄といった異様な要素から成るチェリーニの現実の生涯はこの怪物の現実と完璧に無縁であるにもかかわらず、その『自叙伝』という一冊の書物はこの怪物にとってまぎれもなく一個の現実である。

この怪物はまた、それ自体が迷宮を内にはらみ、全身が謎《なぞ》でできていて、しかもたえまなく謎を分泌《ぶんぴつ》するともいわれる。彼の迷宮の「河図」を手に入れた者はない。アリアドネーの「糸玉」も彼の迷宮においてはいたずらにからまるばかりだ。分泌する

謎に一瞬でもふれる者は——幸いその数は少ないが——たちどころに毒され、洗われ、熱せられ、冷やされ、宇宙を垣間見《かいまみ》、底知れぬ暗闇に置き去りにされる。

事実、ホルヘ・ルイス・ボルヘスの読者は少ない。あるタキトゥス読者の推定によると、それはヘミングウェイの一四〇四一分の一である。一四〇四一という数はアルゼンチンでは《número capicúa》と称され、それ自体が円環を成す吉兆の数である。彼自身、読者の少ないことを吉、幸福としている。それは作家にとってかけがえのない孤独を侵されないからであり、彼のいう「作家の身売り」が不可能となるからである。(日本の花柳界から出た語に「売れっ子」という言葉があり、これはすべての意味でボルヘスと正反対の作家をいう。)なお、十四という数は彼が取り憑《つ》かれているように思われる神秘的な数で、作品のなかにしばしば現れ、無限を象徴する。

十四に一を加えた数、すなわち十五個の文字が彼の名を組み立てる—— JORGE LUIS BORGES。彼の「カバラ擁護論《ようご》」を十四、五回読んだある東洋の読者が、そのエッセイでボルヘスが擁護しようとする暗号法的手順(procedimientos criptográficos)を用いて、上の十五文字のなかに待ち伏せる啓示(revelationes que acechan)を探り当てようとした。十五文字の組み合わせに発見されたのは、アダムの肋骨《ろっこつ》とゴグと主キリストと学識、すなわちRIB/GOG/JESUS/LOREである。

この驚くほど充実した名をもつ怪物を神(もしくは神々)は怒り(もしくは恐れ)、

彼をほとんど盲目とした。スフィンクスの謎を解いたオイディプス、名高い予言者テイレーシアス、大詩人ホメロスやミルトン（四十四歳で両眼失明）、日本の「記憶の人」塙保己一《はなわほきいち》（五歳で失明）、日本に帰化した唐の高僧鑑真、未来の書『フィネガンズ・ウェイク』のジョイス……これら一連の名前は、肉眼だけはたしかに使いものになるわれわれに一種の戦《おのの》きを与えずにはおかない。

パンサーの宿敵が竜であるように、われわれの怪物ホルヘ・ルイス・ボルヘスの宿敵は鏡である。この鏡はダンテの四重の意味すべてにおいて解釈しうる。しかし端的にいえば、彼が鏡を恐れるのはおそらくそれが一切をたちどころに捕え、封じ込め、瞬時も解き放しはしないからであろう。半盲の彼が鏡を恐れるのは奇妙である。鏡を恐れるべきなのはむしろわれわれではあるまいか。なぜならわれわれはトゥンク＝ポクのいったように、「日毎に小さく虚弱になる」。

＊——本書の原書は、スペイン語版 Jorge Luis Borges con la colaboración de Margarita Guerrero : *El libro de los seres imaginarios* (1967) である。翻訳にあたっては、同書およびその仏訳版 *Manuel de zoologie fantastique* (Gonzalo Estrada, Yves Péneau 共訳) を参照しつつ、英語版 *The Book of Imaginary Beings* (revised, enlarged, and translated by Norman Thomas di Giovanni in collaboration with the author, E. P. Dutton & Co., Inc. 1969) を用いた。本書の序にも記されているように、この英語版がもっとも充実している。

ジョン・アップダイクが「世界文学の巨人」と称したこの博識の人の博識の書を翻訳することは、非力で無知な訳者にとって無謀ともいえる業《わざ》だった。けれどもたとえば中国関係の場合、「山海経」の世界に誘われ、H・A・ジャイルズの著書や辞書をひもとき、あるいは《fu-sang》なる語が「扶桑《ふそう》」であることを発見するまでに幾通りものむだな横道をたどったりした時間が、「一種のけだるい喜び」の時間だったことも告白しておかねばならない。それは《迷路》にはまり込む喜びといってもよい。

スペイン語版、仏訳版、英語版のいずれにも一切注はつけられていない。本訳書ではボルヘスの《作品《テクスト》》をそこなわない程度に注をほどこした。不備な点や誤りについては読者諸氏の叱責を快く受け入れたい。訳者はいまなお迷路をさまよっている。

一九七四年十一月

柳瀬尚紀

文庫版へのあとがき

本書は一九七四年、つまり四十一年前に刊行され、九八年と二〇一三年、二度の改版がなされた。その間ほぼ途切れずに刷《すり》を重ねてきて、訳者がこれまで手がけた翻訳のなかでもとりわけ幸せな一冊に挙げられる。そして今回、河出文庫に収められるにあたって、またしても迷路をさまようという幸せな作業に集中することとなった。その作業の結果を新たにできるだけ反映したのがこの文庫版である。

七四年版の解説で「巨大な怪物」と呼んだこの人に、訳者は七九年に会う機会があった。地球の裏側から初めて日本を訪れた八十歳の盲目の人は、初対面の訳者に英語でいきなり尋ねた。「ハイク（俳句）とハイカイ（俳諧）はどう違うのか」。怪物の恐ろしい知識欲、知的不眠症の表れとしてここに記しておく。

文庫版刊行に関しては、著作権継承者マリア・コダマ氏の了承を得た。なお、二〇〇五年に英語版新訳 *The Book of Imaginary Being*（Translated by Andrew Hurley, Illustrated by Peter Sis）が刊行されているが、基本的な立場の違いゆえこの文庫版に反映するものはほとんどなかった。

二〇一五年三月　　柳瀬尚紀

リッチ神父　Ricci, Father Matteo　27, **28**
竜　Dragon　11, 15, 46, 47, 70, 86, 129, **144-148**, 160, **172-174**, **185-187**, 191, 199, 222
リュークロコッタ　Leucrocotta　**83**, **84**
リュキア　Lycia　68, **70**
リュコプローン　Lycophron　**29**
両頭蛇　Amphisbaena　203, **297**
リリス　Lilith　**299**, **300**

ル
ルイス、C・S　Lewis, C. S.　**116-120**
ルーナ　Luna　216, **217**
ルーベンス　Rubens, Peter Pal　95
ルーン文字　Rune　**282**
ルカーヌス　Lucan　53, 202, 204
ルゴーネス、レオポルド　Lugones, Leopoldo　179, 275
ルフ　Rukh　81, **301-303**

レ
レイン、エドワード・ウィリアム　Lane, William Edward　9, 126, **127**, 131, 193, 301
レヴィアサン　Leviathan　**304**, **305**
レーゲンスブルク　Regensurg　51, **53**
レーテー　Lethe　233, **234**
レオナルド・ダ・ヴィンチ　Leonardo da Vinci　33, 112, 222, 266
レオン、フライ・ルイス・デ　Leon, Fray Luis de　262, **263**
レッグ　Legge, James　64, **65**
レプラコーン　Leprechaun　245, **246**
レムレース　Lemures　**306**
レモラ　Remora　**308**, **309**
レンプリエア、ジョン　Lempriere, John　9, 149, **151**, 307, 311

ロ
老子　Lao-tzu　27, 172
ロームルス　Romulus　306, **307**
ロセッティ　Rossetti, Dante Gabriel　256, 257, 299
ロッツェ、ルドルフ・ヘルマン　Lotze, Rudolf Hermann　88, **89**
六本足の羚羊　Antelopes with Six Legs　**313**
ロドリゲス、ソロバベル　Rodríguez, Zorobabel　175
ロビソン　Lobisón　15, 75
ロルバー、ヤーコブ　Lorber, Jakob　123, **124**

ワ
ワイルド　Wilde, Oscar　258

Robert 290, **291**
ポーロ、マルコ Polo, Marco 81, 111, 302
ホチガン Hochigan **275**
墨猴 Monkey of the Inkpot **274**
ホメロス Homer 30, 68, 94, 138, 149
ポリュペーモス Polyphemus 231, 233, **234**
ボルネオ Borneo 48, 193
ポントピダン、エリック Pontoppidan, Erik 77, **79**

マ
マイリンク、グスタフ Meyrink, Gustav 98
マグヌス、オラウス Magnus, Olaus 103, **106**
マニリウス Manilius, Marcus 248, **250**
マハーバーラタ *Mahabharata* 190, **191**
マルゴラン、ジャン=クロード Margolin, Jean-Claude 193
マルティコラス Marthichoras **276**, **277**
マンデヴィル、サー・ジョン Mandeville, Sir John 80, **82**
マンドレイク Mandrake 219, **278-281**

ミ
ミケリ、ピエトロ Micheli, Pietro 228
ミズガルズソルムル Miõgarõsormr 38, 63
ミノタウロス Minotaur 14, 146, **283**, **284**
ミュッセ Musset, Alfred de 256
ミルトン Milton, John 243, 249
ミルメコレオ Myrmecoleo **285**, **286**

メ
メーデイア Medea 155, 156

モ
モーロック Morlock **42**
モハメッド Mohammed 136, 254
モリス、ウィリアム Morris, William 217, 236

ヤ
八岐大蛇 Eight-Forked Serpent **287**, **288**

ユ
ユーウォーキー Youwarkee **290**
ユウェナーリス Juvenal **102**
ユーノー Juno 93, 311, **312**
ユグドラシル Yggdrasil 125, 200
ユゴー、ヴィクトル Hugo, Victor 132
ユスティヌス Justinus **50**
ユダヤ人 Jews 18, 99, 258, 280, 292
ユダヤの悪魔たち Jewish Demons **292**
ユング Jung, Karl 33, 38, 148

ヨ
ヨーツンヘイム Jotunnheim 38, 188
ヨセウス、フラウィウス Josephus, Flavius 279, **281**

ラ
ラーマーヤナ *Ramayama* 66
雷神 Thunder God **293**
楽園喪失 *Paradise Lost* 103, 237, 243
ラクタンティウス Lactantius 249, **250**
ラティーニ、ブルネット Latini, Brunetto 297, **298**
ラブレー Rabelais, Francois 70
ラミアー Lamia **294**, **295**

リ
リード、ジェイン Lead, Jane 98, **100**, **153**

169, **170**, **247-250**
フェヒナー、グスタフ・テオドール Fechner, Gustav Theodor 72, **73**
フェルテ=ベルナール Ferté-Bernard **251**, **252**
フェルドウスィー Firdausi 125, **127**
フェルナンデス、オビエドのゴンサーロ Fernández de Oviedo, Gonzalo 46, **47**
ブラウニー Brownie **253**
ブラウン、サー・トマス Browne, Sir Thomas 204, **205**, 219, 279, 297
ブラク Burak **254**, **255**
フラッド、ロバート Fludd, Robert 72, **73**
プラトン Plato 14, 71, 93, 151, 248, 256
フリアイ Furies 216, **217**, 238
フリーズ Frieze 183, **184**
プリニウス Pliny 12, 31, **34**, 49, 58, 80, 83, 84, 95, 108, 111, 114, 142, 144, 145, 202, 204, 221, 227, 233, 248, 249, 250, 276, 277, 297, 298, 308, 309
ブルーノ、ジョルダーノ Bruno, Giordano 71, **73**
プルタルコス Plutarch 70, 95, 122, 195, 258
ブルック、ストップフォード・A Brooke, Stopford A. **36**
ブルックハルト、ゲオルク Burckhardt, Georg 225
ブレイエ、エミール Brehier, Emile 88, **89**
ブレイク、ウィリアム Blake, William 135, 155
プレスコット、ウィリアム・ヒックリング Prescott, William Hickling 94, **96**
プレスター・ジョン Prestor John 110, **113**, 217
ブレミエス Blemmyes 193, **194**
ブロート、マックス Brod, Max 18, **19**
フローベール Flaubert, Gustave 15, 58, 125, 193, 276, 277, 285
プロセルピナ Proserpina 216, **217**
プロペルティウス Propertius 195, **196**
分身 Double **256-258**
ブンダヒシュン *Bundahish* 114, **115**

ヘ

米国の動物誌 Fauna of the United States **260**, **261**
ヘカテー Hecate 216, **217**
ヘシオドス Hesiod 30, 37, 68, 90, 195, 216
ベヒーモス Behemoth 211, **262**, **263**
ヘラクレイトス Heraclitus 37, 236
ヘラクレス Hercules **85**, **86**, 90, 91, 95, 145, 183, 268, **269**, 311, 312
ヘラクレスの柱 Columns of Hercules **269**
ヘリオポリス Heliopolis 247, **250**
ペリカン Pelican **265**, **266**
ペリュトン Peryton **267-269**
ペルシア Persia 31, 83, 142, 292, 301
ペルセウス Perseus **288**
ヘルマン、パウル Herrmann, Paul 155
ペレランドラ Perelandra 119
ヘロドトス Herodotus 80, 142, 234, 247, 249
ヘンニッヒ、リヒャルト Hennig, Richard 209

ホ

法顕 Fa-hsien **191**
ポオ、エドガー・アラン Poe, Edgar Allan 258, **271-273**
ポオの想像した動物 The Animal Imagined by Poe **271-273**
ホーソーン Hawthorne, Nathaniel 256
ポールトック、ロバート Paltock,

ノ
ノーム　Gnome　130, 154, **199**
ノックス神父　Knox, Father Ronald　263, **264**
ノルニル　Norns　**200, 201**

ハ
バートン　Burton, Richard　9, 48, 125, 133, 254, 303
バートン、ロバート　Burton, Robert　11, 294, **295**
ハーン　Hearn, Lafcadio　256
パウサニアス　Pausanius　138
ハオカー　Haokah　**293**
バジリスク　Basilisk　58, **202-205**
ハトホル　Hathor　288, **289**
バトラー、サミュエル　Butler, Samuel　90, **92**
ハニエル　Haniel　**207-210**
バニヤン、ポール　Bunyan, Paul　**261**
バハムート　Bahamut　63, 76, **211, 212**
バビロン　Babylonia　207
パラグアイ　Paraguay　11, 46, 47
パラケルスス　Paracelsus　**130**, 195, 199
パラタイン領　Palatine　158, **159**
パルカイ　Parca　216, **218**
バルコ・センテネラ、マルティン・デル　Barco Centenera, Martín del　46, **47**
パルサリア　Pharsalia　51, **53**, 203, 297
バルトアンデルス　Baldanders　**213-215**
バルド・ソドル　*Bardo Thödol*　121
ハルピュイア　Harpy　154, **216, 217**
バロメッツ　Barometz　**219, 220**, 278
パンサー　Panther　**221-223**
バンシー　Banshee　**224**
ハンババ　Humbaba　**225, 226**

ヒ
ヒエロニムス　Hieronymus　85, **86**, 209, 265
ビクーニャ・シフエンテス、フリオ　Vicuña Cifuentes, Julio　175
ピグミー　Pygmies　**227**
ピサネロ　Pisanello, Antonio　33, **34**
ビザンティウム　Byzantium　110
ヒッポグリュプス　Hippogriff　**228-230**
ひとつ目の生き物　one-eyed Beings　**231-234**
火の王とその軍馬　King of Fire and His Steed　**236-238**
百頭　Hundred Heads　**239**
ヒュギヌス　Hyginus　311, **312**
ピュタゴラス　Pythagoras　256, 278
ヒュドラー　Hydra　288, **311**
ピラミッド四〇　Pyramid Forty　**261**

フ
ファーヴニル　Fafnir　**288**
ファイヒンガー、ハンス　Vaihinger, Hans　**89**
ファウヌス　Faun　101
ファスティトカロン　Fastitocalon　**241-243**
ファタ・モルガーナ　Fata morgana　245, **246**
フィシオロゴス　Physiologus　33, **34**, 241, 285
フィチーノ、マルシリオ　Ficino Marsilio　71, 73
フィッツジェラルド、エドワード　FitzGerald, Edward　126
フィロストラトス　Philostratus　294, **296**
フェアリー　Fairy　**244-246**
フェイディアス　Phidias　95, **96**
フェニクス　Phoenix　109, 110, 126,

チ

チェシャ猫　Cheshire Cat　**158, 159**
チェスタトン　Chesterton, G. K.　208, 220, 256
チェリーニ、ベンヴェヌト　Cellini, Benvenuto　111, **113**
中国の一角獣　Unicorn of China　**160-162**
中国の狐　Chinese Fox　**163**
中国の動物誌　Fauna of China　**165-168**
中国のフェニクス　Chinese Phoenix　**169, 170**
中国の竜　Chinese Dragon　**172-174**
張僧繇　Chang Seng-yu　173, **174**
チョーサー　Chaucer, Geoffrey　90, 202, 304
チョ・チョド、ルイス　Cho Chod, Luis　27
チリの動物誌　Fauna of Chile　**175-178**

ツ

ツェツェス、ヨハネス　Tzetzes, John　29, **30**
月の兎　Lunar Hare　**179, 180**

テ

ディアーナ　Diana　216, **217**
ティーターン　Titans　37, 52, 122
ディーライ　Dirae　216, **218**
ディオスコリデス　Dioscorides　281, **282**
ディオドロス　Diodorus　311, **312**
ディクテー　Dicte　**157**
ティルソ・デ・モリーナ　Tirso de Molina　149, **151**
デカルト　Descartes, René　87, 275
テッサリア　Thessaly　93, 95, 101
テニソン　Tennyson, Alfred, Lord　77
デミウルゴス　Demiurges　198
テューポーン　Typhon　311, **312**
テルトゥリアヌス　Tertulius　**250**
天鶏　Heavenly Cock　**181**
転身物語　*Metamorphoses*　51, 93, 95, 138, 249
伝染性謬見　*Pseudodoxia Epidemica*　219, 279
天祿獣　Celestial Stag　**182**

ト

饕餮　T'ao T'ieh　**183**
東方見聞録　*Travels*　81, 302
東方旅行記　*Travels*　80
東洋の竜　Eastern Dragon　**185-187**
トゥンク＝ポク　Tunk-poj　313, **314**
トール神　Thor　38, 188
ド・クインシー　De Quincey　143
ドストエフスキー　Dostoyevsky, Fyodor　256
トラーキア　Thrace　217, **218**
トロール　Troll　**188, 189**

ナ

ナーガ　Naga　**190, 191**
ナーガールジュナ　Nagarjuna　190, **191**
南極　Antarctic island　52

ニ

ニスナス　Nisnas　**193**
日本　Japan　287, **288**
ニンフ　Nymph　101, 130, 137, 149, 153, **195, 196**

ヌ

ヌー　Gnu　58, **60**

ネ

熱の生き物　Thermal Beings　**197, 198**
ネプトゥーヌス　Neptune　232

成吉思汗(ジンギスカン)　Genghis Khan　161, 303
神仙女王　*Faerie Queen, The*　32, **34**
神統記　*Theogony*　37, 68, 90, 216
シンドバット　Sindbad　32, 48, 103, 301, 302
心理学と錬金術　*Psychologie und Alchemie*　33, 38

ス
スウェーデンボリー、エマヌエル　Swedenborg, Emanuel　53, 121, 134, 135
スウェーデンボリーの悪魔　Swedenborg's Devils　**134**
スウェーデンボリーの天使　Swedenborg's Angels　**135**, **136**
スーティル、W・E　Soothill, W. E.　160, **162**
スキート、ウォルター・ウィリアム　Skeat, Walter William　**133**
スキピオ　Scipio　268, **270**
スキュラ　Scylla　**137**, **138**
スクォンク(溶ける涙体)　Squonk　**139-141**
スコット　Scott, Sir Walter　224, 245
薄田泣菫　274
スティーヴンソン　Stevenson, Robert Louis　208, 253, 256
ストラボン　Strabo　149, **152**, 285
ストルルソン、スノリ　Sturluson, Snorri　38, 200
スフィンクス　Sphinx　14, **142**, **143**, 150, 210
スペインのパルナッソス　Spanish Parnassus　109
スラ　Sulla, Lucius Cornelius　101, **102**
スレイプニル　Sleipnir　202, 313

セ
聖アウグスティヌス　St. Augustine　109, 148
聖アントワーヌの誘惑　*Temptation of Saint Anthony*　15, 58, 125, 193, 276
聖アンブロシウス　St. Ambrose　**250**
聖ジョージ　St. George　146, **148**
聖ブレンダン　St. Brendan　103, 105, **106**, 243
聖ミカエル　St. Michael　146, **148**
聖ヨハネ　St. John　148, 207
西洋の竜　Western Dragon　**144-148**
セイル、ジョージ　Sale, George　254
セイレーン　Siren　**149-151**
セインツベリー　Saintsbury, George Edward Bateman　**290**
セネカ　Seneca　62
セルウィウス・ホノラトゥス　Servius Honoratus　68, **70**, 216, 228
ゼンド=アヴェスタ　Zend-Avesta　72, 73
千夜一夜物語　*A Thousand and One Nights*　48, 155, 193, 212, 243, 254

ソ
荘子　Chuang Tzu　174
創世記　Genesis　18, 262, 279, **282**
創造の不可思議　*Wonders of Creation*　**34**, 48, 105, 126

タ
ダイダロス　Daedalus　156, 283
タキトゥス　Tacitus　248
タバリ、アル=　Tabari, al-　114, **115**
ダマスキオス　Damascius　85, **86**
タルタロス　Tartarus　311, **312**
タルムード　Talmud　98, 258, 292
タロス　Talos　**155-157**
ダンテ　Dante Alighieri　14, 51, 81, 82, 90, 91, 97, 179, 249, 284

ケベード　Quevedo, Francisco Gómez de 109, **205**, 249
毛むくじゃら獣　Shaggy Beast **251**, **252**
ケルベロス　Cerberus **90**, **91**, 138
ケンタウロス　Centaur 14, 29, **93-96**

コ
孔子　Confucius 129, 160, 161, 169, 172
ゴーレム　Golem **97-100**
コックス、ウィリアム・T　Cox, William T. 141
コリュクシオ、フェリクス　Coluccio, Felix 74
コリントス　Corinth 95
ゴルゴーン　Gorgons 58, **59**, 202
コルメラ、ルキウス　Columella, Lucius 278, **281**
ゴンゴラ　Góngora y Argote, Luis de 231, 233, **234**
コンディヤック、エティエンヌ・ボンノ・ド　Condillac, Étienne Bonnot de 87, **89**, 155
ゴンペルツ、テオドール　Gomperz, Theodor 112, **113**

サ
サアベドラ・ファハルド、ディエゴ・デ　Saavedra Fajardo, Diego de 309, **310**
サウジー、ロバート　Southey, Robert 125, **127**
ザックス、ハンス　Sachs, Hans 213, **214**
サテュロス　Satyr **101**, **102**, 214
ザラタン　Zaratan 77, **103-106**
サラマンドラ　Salamander **108-112**, 130, 153
三本足の驢馬　Ass with Three Legs **114**, **115**

シ
C・S・ルイスの想像した獣　Creature Imagined by C. S. Lewis **116**, **117**
C・S・ルイスの想像した動物　Animal Imagined by C. S. Lewis 118-120
シーグルト　Sigurd 145, **148**
シェイクスピア、ウィリアム　Shakespeare, William 47, 179, 180, 186, 200, 249, 278
ジェイムズ、ウィリアム　James, William 72
ジェイムズ　James, Henry 256
地固め夶　Bodendrücher 123
死者を食らうもの　Eater of the Dead **121**, **122**
地均し夶　Leveller **123**, **124**
司馬遷　Ssu-ma Ch'ien 172
シビュラ　Sibyl 267, **269**
シムルグ　Simurgh **125-127**, 301
シモニデス　Simonides 311, **312**
ジャーヒズ、アル＝　Jahiz, al- 104, **107**
ジャイルズ、ハーバート・アレン　Giles, Herbert Allen 9, 54, **55**
釈迦　Buddha 128, 180, 190, 239
釈迦の生誕を予言した象　Elephant That Foretold the Birth of the Buddha **128**
シュタイナー、ルドルフ　Steiner, Rudolf 197, **198**
シュラーデル　Schrader, Eberhard 31
商羊　Rain Bird, Shan Yang **129**
勝利の塔　Tower of Victory 20, **21**
ショーペンハウアー　Schopenhauer, Arthur 14, 98
ショーレム、G・G　Scholem, Gershom 9, 258, **259**
シルヴェイラ、ルイス・ダ　Silveira, Luiz da 56
シルフ　Sylph **130**, 153
ジン　Jinn **131-133**

William　304, **305**
過去を称える者たち　Laudatores Temporis Acti　**56, 57**
カシーニ、トマソ　Casini, Tommaso 179
カズウィーニー、アル＝　Qaswini, Zakariyya al-　32, **34**, 48, 105, 126, 131
ガゼル　Gazelle　144, **148**
カトブレパス　Catoblepas　15, **58, 59**
カバラー、カバリスト　Kabbalah, Kabbalists　97, 208, 209
カピラ　Kapila　239, **240**
カフカ　Kafka, Franz　19, 26, 45, **61**
カフカの想像した動物　An Animal Imagined by Kafka　**61**
カフジエル　Kafziel　**207–210**
神　Kami　**62, 63**
亀たちの母　Mother of Tortoises　**64, 65**
カリグラ　Caligula　309, **310**
ガルーダ　Garuda　**66, 67**
カルタゴ　Carthage　227, 268

キ
キシュラ、ジュール　Quicherat, Jules 149, **152**
キマイラ　Chimera　15, **68–70**, 122
キャロル、ルイス　Carroll, Lewis　158
球体の動物　Animals in the Form of Spheres　**71, 72**
牛嶠　Niu Chiao　163, **164**
キュヴィエ、ジョルジュ　Cuvier, Baron Georges　58, **59**
キュリロス、イェルサレムの　Cyrillus of Jerusalem　**250**
教化と珍聞の書簡集　*Lettres édifiantes et curieuses*　54, **55**
ギリシア　Greece　29, 33, 37, 49, 86, 142, 199, 247, 267, 284, 295
麒麟　K'i-lin　160, 161
キルケー　Circe　137, 149, 281
キルケニー猫　Kilkenny Cat　**158, 159**
キロガ将軍、ファクンド　Quiroga, General Facundo　**75**

ク
クインティリアヌス　Quintilian　233, **235**
鎖を巻きつけた牝豚　Chancha con cadenas　**74, 75**
クジャタ　Kujata　**76**
クテシアス　Ctesias　31, 83
クラーケン　Kraken　**77, 78**
クライスト　Kleist, Heinrich von　256
グラウコス　Glaucus　68, 137
クラウディアヌス　Claudian　**29**, 249
クラウディウス皇帝　Claudius　95, **96**
クランツ、ワルター　Kranz, Walter　86
グリマル、ピエール　Grimal, Pierre 149, **151**
グリュプス　Griffon　14, **80–82**, 199, 228, 229, 233, 234
グリンメルスハウゼン　Grimmelshausen, Hans von　213, **214**, 215
狂えるオルランド　*Orlando Furioso*　103, 217, 228
グレイ、ザカリー　Grey, Zachary　90, **92**
クレータ島　Crete　156, 283, 284
クロコッタ　Crocotta　**83, 84**
クロノス　Chronos　**85, 86**, 156

ケ
形而上学の二生物　Two Metaphysical Beings　**87–89**
刑天　Hsing-t'ien　166, 167
ゲーリュオーン　Geryon　183, **184**
ゲスナー、コンラート・フォン Gesner, Conrad von　146, 147, **148**
ケプラー、ヨハネス　Kepler, Johannes 72

インド India 31, 56, 66, 83, 101, 128, 161, 191, 227, 254

ウ

禹 Yü the Great 64
ヴァニーニ、ルチリオ Vanini, Lucilio 71, **73**
ヴァルキューレ Valkyrie **35**, **36**, 188
ヴァン・ドゥイム、H・ヴァン・アメイデン Van Duym, H. van Ameyden 153
ウィーラー、ポスト Wheeler, Post **288**
ウィラビー＝ミード Willoughby-Meade, G. 182
ヴィルヘルム、リヒャルト Wilhelm, Richard **162**
ウゥルカーヌス Vulcan 156, **157**
ウェイリー Waley, Arthur 9, 169
ヴェーダ神話 Vedic myth 93, 217
ウェブスター、ノア Webster, Noah **133**
ウェルギリウス Virgil 49, 68, 90, 216, 228, 233
ウェルズ、ハーバート・ジョージ Wells, Herbert George 42
ウェントリング、J・P Wentling, J. P. 139
ウォーター・ホース Water-horse 245, **246**
ヴォーレ、ニコラス・デ Vore, Nicholas de 209
ウォラギネ、ヤコブス・デ Voragine, Jacobus de 304, **305**
ウマル Omar 267, **269**
ウルガタ聖書 Vulgate 204, **205**, 263
ウロボロス Uroboros **37-39**

エ

エヴァンス＝ヴェンツ Evans-Wentz 121, **122**
エウローペー Europa 156, **157**
エキドナ Echidna 311, **312**
エクセター書 *Exeter Book* 106, **107**, 221
エジプト Egypt 121, 142, 247, 248, 266, 288, 292
エチオピア Ethiopia 58, 84, 142, 144, 227
エッダ Eddas 35, 38, 40, 63, 125, 188, 202
エティモロジー *Etymologies* 32, 34, 46, 81
エリウゲナ、ヨハネス・スコトゥス Erigena, Johannes Scotus 97, **100**
エリオット Eliot T. S. 222
エルフ Elf **40**
エルマン、アドルフ Erman, Adolf 247, **250**
エロイ Eloi **42**
エンペドクレス Empedocles 112, **113**

オ

王充 Wang Chong 170, **171**
王大海 Wang Tai-hai 49, 274
オウィディウス Ovid 51, 90, 93, 95, 137, 149, 249, 284
オーディン Odin 35, 202, 313
オデュッセイア *Odyssey* 51, 149, 213, 233, 281
オドラデク Odradek **43-45**
オリゲネス Origen 71, **72**

カ

カーク、ロバート Kirk, Robert 245, **246**
カーバンクル Carbuncle **46**, **47**
ガイア Gaea 311, **312**
海馬 Sea Horse **48-50**
鏡の動物誌 Fauna of Mirrors **54**, **55**
カクストン、ウィリアム Caxton,

索引

本文中に登場する主要な事項・人名をまとめた。欧文表記は主として英語に従った。
なお、各項目と訳註の見出しに掲載された用語は当該ページを太字で示した。

ア
アイリアノス　Aelian　221, **223**, 285
アエネーイス　*Aeneid*　51, 68, 216, 233
アガメムノン　Agamemnon　145
アクティウムの海戦　Battle of Actium　309, **310**
アケローン　Acheron　**51-53**
足萎えのウーフニック　Lamed Wufniks　**18**
アシン・パラシオス、ミゲル　Asín Palacios, Miguel　104, 255
アズリエル　Azriel　**207-210**
アダム　Adam　131, 299
アッシリア　Assyria　142, 225
アッタール、ファリド・アッ＝ディン　Attar, Farid al-Din　125, 126, **127**
アッラー　Allah　76, 131, 132
アティス　Athis　145, **148**
アニエル　Aniel　**207-210**
アネット　Anet　**22**
ア・バオ・ア・クゥー　A Bao A Qu　**20, 21**
アブトゥー　Abtu　**22**
アフリカ　Africa　222, 294, 297
アポロニオス、ロードスの　Apollonius of Rhodes　149, **151**, 156, 217
アポロドロス　Apollodorus　150, **152**, 311
アポロン　Apollo　93
アラビア　Arabia　114, 144, 211, 248, 285
アリオスト、ルドヴィコ　Ariosto, Ludovico　217, **218**, 228
アリマスポイ人　Arimaspians　80, 233, 234
アリストテレス　Aristotle　107, 112, 221, 227, 308
アルゴナウティカ　*Argonautica*　156
ある雑種　A Crossbreed　**23-25**
アルゼンチン動物誌　Argentine Fauna　**74, 75**
アルタクセルクセス・ムネモン　Artaxerxes Mnemon　83, **84**, 276
アルドロヴァンディ　Aldrovandhi, Ulisse　202, **205**
アルベルトゥス・マグヌス　Albertus Magnus　278, **281**
アレース　Ares　155, **157**
アレクサンドリア　Alexandria　103, 267
アレッツォ　Arezzo　68, **70**
アンティール諸島　Antilles　**298**
安南の虎　Tigers of Annan　**27, 28**

イ
イーリアス　*Iliad*　37, 68, 95, 145
イェーツ　Yeats, W. B.　244, 245, 258
イエス・キリスト　Jesus Christ　33, 81, 135, 209, 212, 221, 222, 266
イクテュオケンタウロス　Ichthyocentaur　**29**
イシドールス、セビーリャの　Isidore of Seville　32, **34**, 46, 81, 204
一角獣　Unicorn　**31, 33, 160-162**, 172
イプセン、ヘンリク　Ibsen, Henrik　188

本書は一九七四年十二月に晶文社から刊行された『幻獣辞典』を文庫化したものです。

幻獣辞典《げんじゅうじてん》

二〇一五年 五 月二〇日 初版発行
二〇二五年 一 月三〇日 9刷発行

著　者　J・L・ボルヘス
訳　者　柳瀬《やなせ》尚紀《なおき》
発行者　小野寺優
発行所　株式会社河出書房新社
〒一六二-八五四四
東京都新宿区東五軒町二-一三
電話〇三-三四〇四-八六一一（編集）
〇三-三四〇四-一二〇一（営業）
https://www.kawade.co.jp/

ロゴ・表紙デザイン　粟津潔
本文フォーマット　佐々木暁
本文組版　株式会社創都
印刷・製本　大日本印刷株式会社

Printed in Japan　ISBN978-4-309-46408-4

ロベルトは今夜

ピエール・クロソウスキー　若林真〔訳〕　46268-4

自宅を訪問する男を相手構わず妻ロベルトに近づかせて不倫の関係を結ばせる夫。「歓待の掟」にとらわれ、原罪に対して自己超越を極めようとする行為の果てには何が待っているのか。衝撃の神学小説！

オン・ザ・ロード

ジャック・ケルアック　青山南〔訳〕　46334-6

安住に否を突きつけ、自由を夢見て、終わらない旅に向かう若者たち。ビート・ジェネレーションの誕生を告げ、その後のあらゆる文化に決定的な影響を与えつづけた不滅の青春の書が半世紀ぶりの新訳で甦る。

孤独な旅人

ジャック・ケルアック　中上哲夫〔訳〕　46248-6

『路上』によって一躍ベストセラー作家となったケルアックが、サンフランシスコ、メキシコ、NY、カナダ国境、モロッコ、南仏、パリ、ロンドンに至る体験を、詩的で瞑想的な文体で生き生きと描いた魅惑的な一冊。

大胯びらき

ジャン・コクトー　澁澤龍彥〔訳〕　46228-8

「大胯びらき」とはバレエの用語で胯が床につくまで両脚を広げること。この小説では、少年期と青年期の間の大きな距離を暗示している。数々の前衛芸術家たちと交友した天才詩人の名作。澁澤訳による傑作集。

ポトマック

ジャン・コクトー　澁澤龍彥〔訳〕　46192-2

ジャン・コクトーの実質的な処女作であり、二十代の澁澤龍彥が最も愛して翻訳した《青春の書》。軽やかで哀しい《怪物》たちのスラップスティック・コメディ。コクトーによる魅力的なデッサンを多数収録。

悪徳の栄え　上・下

マルキ・ド・サド　澁澤龍彥〔訳〕　46077-2　46078-9

美徳を信じたがゆえに身を滅ぼす妹ジュスティーヌと対をなす姉ジュリエットの物語。悪徳を信じ、さまざまな背徳の行為を実践する悪女の遍歴を通じて、悪の哲学を高らかに宣言するサドの長篇幻想奇譚!!

恋の罪

マルキ・ド・サド　澁澤龍彦〔訳〕　46046-8

ヴァンセンヌ獄中で書かれた処女作「末期の対話」をはじめ、五十篇にのぼる中・短篇の中から精選されたサドの短篇傑作集。短篇作家としてのサドの魅力をあますところなく伝える十三篇を収録。

ソドム百二十日

マルキ・ド・サド　澁澤龍彦〔訳〕　46081-9

ルイ十四世治下、殺人と汚職によって莫大な私財を築きあげた男たち四人が、人里離れた城館で、百二十日間におよぶ大乱行、大饗宴をもよおした。そこで繰り広げられた数々の行為の物語「ソドム百二十日」他二篇収録。

プレシャス

サファイア　東江一紀〔訳〕　46332-2

父親のレイプで二度も妊娠し、母親の虐待に打ちのめされてハーレムで生きる、十六歳の少女プレシャス。そんな彼女が読み書きを教えるレイン先生に出会い、魂の詩人となっていく。山田詠美推薦。映画化。

秘密結社の手帖

澁澤龍彦　40072-3

たえず歴史の裏面に出没し、不思議な影響力を及ぼしつづけた無気味な集団、グノーシス派、薔薇十字団、フリーメーソンなど、正史ではとりあげられない秘密結社の数々をヨーロッパ史を中心に紹介。

ブレストの乱暴者

ジャン・ジュネ　澁澤龍彦〔訳〕　46224-0

霧が立ちこめる港町ブレストを舞台に、言葉の魔術師ジャン・ジュネが描く、愛と裏切りの物語。"分身・殺人・同性愛"をテーマに、サルトルやデリダを驚愕させた現代文学の極北が、澁澤龍彦の名訳で今、甦る!!

フィネガンズ・ウェイク 1

ジェイムズ・ジョイス　柳瀬尚紀〔訳〕　46234-9

二十世紀最大の文学的事件と称される奇書の第一部。ダブリン西郊チャペリゾッドにある居酒屋を舞台に、現実・歴史・神話などの多層構造が無限に浸透・融合・変容を繰返す夢の書の冒頭部。

フィネガンズ・ウェイク 2

ジェイムズ・ジョイス　柳瀬尚紀〔訳〕　46235-6

主人公イアーウィッカーと妻アナ、双子の兄弟シェムとショーンそして妹イシーは、変容を重ねてすべての時代のすべての存在、はては都市や自然にとけこんで行く。本書の中核をなすパート。

フィネガンズ・ウェイク 3・4

ジェイムズ・ジョイス　柳瀬尚紀〔訳〕　46236-3

すべての女性と川を内包するアナ・リヴィア＝リフィー川が海に流れこむ限りなく美しい独白で世紀の夢文学は結ばれる。そして、末尾の「えんえん」は冒頭の「川走」に円環状につらなる。

オーメン

デヴィッド・セルツァー　中田耕治〔訳〕　46269-1

待望の初子が死産であったことを妻に告げずに、みなし子を養子に迎えた外交官。その子〈デミアン〉こそ、聖書に出現を予言されていた悪魔であった。映画「オーメン」（一九七六年）の脚本家による小説版！

神曲　地獄篇

ダンテ　平川祐弘〔訳〕　46311-7

一三〇〇年春、人生の道の半ば、三十五歳のダンテは古代ローマの大詩人ウェルギリウスの導きをえて、地獄・煉獄・天国をめぐる旅に出る……絢爛たるイメージに満ちた、世界文学の最高傑作。全三巻。

神曲　煉獄篇

ダンテ　平川祐弘〔訳〕　46314-8

ダンテとウェルギリウスは煉獄山のそびえ立つ大海の島に出た。亡者たちが罪を浄めている山腹の道を、二人は地上楽園を目指し登って行く。ベアトリーチェとの再会も近い。最高の名訳で贈る『神曲』、第二部。

神曲　天国篇

ダンテ　平川祐弘〔訳〕　46317-9

ダンテはベアトリーチェと共に天国を上昇し、神の前へ。巻末に「詩篇」収録。各巻にカラー口絵、ギュスターヴ・ドレによる挿画、訳者による詳細な解説を付した、平川訳『神曲』全三巻完結。

どんがらがん

アヴラム・デイヴィッドスン　殊能将之〔編〕　46394-0

才気と博覧強記の異色作家デイヴィッドスンを、才気と博覧強記のミステリ作家殊能将之が編んだ奇跡の一冊。ヒューゴー賞、エドガー賞、世界幻想文学大賞、ＥＱＭＭ短編コンテスト最優秀賞受賞！　全十六篇

ロビンソン・クルーソー

デフォー　武田将明〔訳〕　46362-9

二十七歳の時に南米の無人島に漂着した主人公が、自己との対話を重ねながら、工夫をこらして農耕や牧畜を営んでいく。近代的人間の原型として、多様なジャンルに影響を与えた古典的名作を読みやすい新訳で。

愛人 ラマン

マルグリット・デュラス　清水徹〔訳〕　46092-5

十八歳でわたしは年老いた！　仏領インドシナを舞台に、十五歳のときの、金持ちの中国人青年との最初の性愛経験を語った自伝的作品として、センセーションを捲き起こした、世界的ベストセラー。映画化原作。

類推の山

ルネ・ドーマル　巖谷國士〔訳〕　46156-4

これまで知られたどの山よりもはるかに高く、光の過剰ゆえに不可視のまま世界の中心にそびえている時空の原点——類推の山。真の精神の旅を、新しい希望とともに描き出したシュルレアリスム小説の傑作。

ナボコフの文学講義　上

ウラジーミル・ナボコフ　野島秀勝〔訳〕　46381-0

小説の周辺ではなく、そのものについて語ろう。世界文学を代表する作家で、小説読みの達人による講義録。フロベール『ボヴァリー夫人』ほか、オースティン、ディケンズ作品の講義を収録。解説：池澤夏樹

ナボコフの文学講義　下

ウラジーミル・ナボコフ　野島秀勝〔訳〕　46382-7

世界文学を代表する作家にして、小説読みの達人によるスリリングな文学講義録。下巻には、ジョイス『ユリシーズ』カフカ『変身』ほか、スティーヴンソン、プルースト作品の講義を収録。解説：沼野充義

死をポケットに入れて

チャールズ・ブコウスキー　中川五郎〔訳〕　ロバート・クラム〔画〕 46218-9

老いて一層パンクにハードに突っ走るＢＵＫの痛快日記。五十年愛用のタイプライターを七十歳にしてMacに替え、文学を、人生を、老いと死を語る。カウンター・カルチャーのヒーロー、Ｒ・クラムのイラスト満載。

西瓜糖の日々

リチャード・ブローティガン　藤本和子〔訳〕 46230-1

コミューン的な場所アイデス〈iDeath〉と〈忘れられた世界〉、そして私たちと同じ言葉を話すことができる虎たち。澄明で静かな西瓜糖世界の人々の平和・愛・暴力・流血を描き、現代社会をあざやかに映した代表作。

長靴をはいた猫

シャルル・ペロー　澁澤龍彥〔訳〕　片山健〔画〕 46057-4

シャルル・ペローの有名な作品「赤頭巾ちゃん」「眠れる森の美女」「親指太郎」などを、しなやかな日本語に移しかえた童話集。残酷で異様なメルヘンの世界が、独得の語り口でよみがえる。

毛皮を着たヴィーナス

L・ザッヘル＝マゾッホ　種村季弘〔訳〕 46244-8

サディズムと並び称されるマゾヒズムの語源を生みだしたザッヘル＝マゾッホの代表作。東欧カルパチアとフィレンツェを舞台に、毛皮の似合う美しい貴婦人と青年の苦悩の快楽を幻想的に描いた傑作長篇。

服従の心理

スタンレー・ミルグラム　山形浩生〔訳〕 46369-8

権威が命令すれば、人は殺人さえ行うのか？　人間の隠された本性を科学的に実証し、世界を震撼させた通称〈アイヒマン実験〉――その衝撃の実験報告。心理学史上に輝く名著の新訳決定版。

さかしま

J・K・ユイスマンス　澁澤龍彥〔訳〕 46221-9

三島由紀夫をして“デカダンスの「聖書」”と言わしめた幻の名作。ひとつの部屋に閉じこもり、自らの趣味の小宇宙を築き上げた主人公デ・ゼッサントの数奇な生涯。澁澤龍彥が最も気に入っていた翻訳。

著訳者名の後の数字はISBNコードです。頭に「978-4-309」を付け、お近くの書店にてご注文下さい。